Antón Chéjov

La dama del perrito
y otros cuentos

Colección *Filo y contrafilo* dirigida por
Adrián Rimondino y Enzo Maqueira.

Ilustración de tapa: Fernando Martínez Ruppel.

La dama del perrito y otros cuentos
es editado por
EDICIONES LEA S.A.
Av. Dorrego 330 C1414CJQ
Ciudad de Buenos Aires, Argentina.
E-mail: info@edicioneslea.com
Web: www.edicioneslea.com

ISBN 978-987-718-457-0

Primera edición. Impreso en Argentina.
Febrero de 2017. Gráfica MPS S.R.L.

Chéjov, Antón Pávlovich
   La dama del perrito y otros cuentos : estudio preliminar y edición de Federico Von Baumbach
/ Antón Pávlovich Chéjov. - 1a ed . - Ciudad Autónoma de Buenos Aires : Ediciones Lea, 2016.
   192 p. ; 23 x 15 cm. - (Filo y contrafilo ; 48)

   ISBN 978-987-718-457-0

   1. Literatura Clásica Rusa. 2. Narrativa Rusa. I. Título.
   CDD 891.73

Antón Chéjov

La dama del perrito y otros cuentos

Estudio preliminar y edición de Federico Von Baumbach

Repetición de un lugar común: el maestro del cuento moderno

Cortázar señalaba que algo estallaba cuando se leían sus relatos, que algo trascendía la esfera de lo cotidiano para instalarse en la esencia de una literatura que superaba la anécdota descrita, movilizando en el lector zonas de reconocimiento que hasta el momento previo a sumergirse por la trama no resultaban demasiado significativas en la interpretación del mundo.

También sus colegas Tolstoy, Bunin y Gorki admiraban y respetaban su personalidad humanista, la mirada cálida y sensible del creador que se asomaba y se expandía en la empatía de sus escritos.

Incluso la escritora Katherine Mansfield se reconocía discípula y gran estudiosa de la obra del autor ruso; como la sincera e intensa atracción profesada por O. Henry, otro de los alumnos destacados de la "escuela chejoviana", que podríamos sumarlo a la disciplinada aplicación y continuo aprendizaje de sus técnicas de composición argumental.

Finalmente, en este peculiar e introductorio círculo de admiradores, se encuentra la alusión al norteamericano

Raymond Carver, quien recreó a partir de la escritura de su relato "Tres rosas amarillas", la noche del 2 de junio de 1904, cuando Antón Chéjov falleció tras batallar durante dos décadas contra la tuberculosis.

Había nacido en 1860. Y era el tercer hijo (de los seis) de un comerciante de Taganrog, una pequeña ciudad ubicada cerca del Mar Negro.

Aunque ya resulta un lugar común la mención de Antón Chéjov como uno de los destacados maestros del cuento moderno, quizá uno de los referentes centrales junto al norteamericano Edgar Allan Poe, es necesario subrayar que su maestría se destacó por la construcción de una marca (como ocurre con las grandes figuras artísticas de cualquier disciplina), un sello, un estilo literario particular, original y sobre todo profunda y artísticamente humanista en la impecable y refinada capacidad de observación de la complejidad de la conducta humana.

Entre 1886 y 1899 Chéjov escribió una serie de cartas acerca del cuento dirigidas a Shcheglov, Korolenko, Pleshcheyev, Souvorin, Alexander Chéjov y su colega Máximo Gorki; en éstas el creador ruso hace hincapié en la importancia de las acciones por encima de las descripciones; la capacidad del lector para completar, con las competencias culturales con las que cuenta éste, aquellos signos e indicios que estructuran al género; la importancia de la condensación; el tono que moldea la forma del relato como escritura de rápida captación por parte de quien lee, entre otros rasgos característicos de la representación literaria.

Con la persistente dedicación a la teoría del cuento, construyó todo un mecanismo donde cimentó un férreo y coherente paralelismo con la práctica creativa de ficción, forjando una identidad personal y a la vez respetuosa de la tradición más significativa de las letras en Rusia: Aleksándr Pushkin, Mijaíl Lérmontov y Nikolái Gógol, entre otros nombres.

Así fue como a lo largo de su vida diseñó un procedimiento que amplificó como una de sus premisas principales:

"[...] en los cuentos es mejor no decir suficiente que decir demasiado [...]".

Con una producción que superó la escritura de 600 relatos, Chéjov recorrió diferentes etapas y matices temáticos dentro de su cuentística, desde la redacción de breves relatos humorísticos, crónicas y pequeñas piezas ficcionales, hasta miniaturas del devenir existencial, publicadas en distintas revistas culturales rusas de la época, como por ejemplo *Zhizn*, a partir de 1880.

La necesidad de Antón de tener que publicar para sustentar parcialmente la delicada situación económica familiar en la que se encontraban los Chéjov, bajo el seudónimo inicial de Antosha Chejonté, se fue traduciendo con lentitud y solidez en la distinción y reconocimiento de una voz original, filantrópica y eternamente actual y contemporánea.

Caleidoscopio chejoviano

La presente antología está dividida en tres partes: Cuentos Célebres ("Boda por interés", "Una Ana colgada al cuello", "La cerilla sueca", "El beso", "El pabellón número 6", "Tristeza"); Cuentos de Oficio ("Reglas para autores noveles", "El escritor", "La lectura", "Después del teatro") y Un Cuento Clásico ("La dama del perrito"), material que comprende el proceso de selección de relatos que van desde 1884 hasta 1899, acaso el período literario de más alto nivel del escritor ruso.

La elección y recorte del corpus puede pensarse y metaforizarse con la imagen del caleidoscopio, un "caleidoscopio chejoviano" y literario que, como instrumento, despliega en el movimiento interior de su lectura los distintos personajes que conforman, componen y complementan como piezas ficcionales el retrato o rompecabezas completo del Chéjov médico (el autor ruso llegó a construir un sanatorio para maestros rurales enfermos), escritor, lector y dramaturgo (autor de obras como "El tío Vania", "Tres hermanas" y "El jardín de los cerezos").

Cuánto puede indagarse y encontrarse de Chéjov en el personaje del doctor Andrei Efímich, en relación con la locura de su paciente Iván Dimítrich, del relato "El pabellón número 6". ¿Y de tener que escribir para subsistir en el caso del escritor Géinim, de "El escritor"?, que llega a reflexionar acerca del acto de escritura como acto de engaño y de necesitad de rédito económico: "Escribes y sientes que estás engañando a toda Rusia", enfatiza Géinim ante el avaro Zajar Semiónich, que no reconoce la profesionalización del trabajo intelectual.

¿Qué sucede con el ruego de Budilda como lector, que no alcanza a leer y comprender todo lo que hay para leer y comprender en el mundo?, en ese relato de perro viejo, como lo indica el subtítulo, llamado "La lectura".

¿Cómo se manifiesta la tradición y admiración por Pushkin dentro de la complejidad del amor y los sentimientos contradictorios profesados por Nadia Zelénina, en "Después del teatro?".

El caleidoscopio chejoviano alcanza su nivel de refinamiento estético más elevado en la alta carga de sensibilidad que contienen los relatos "Tristeza" y "La dama del perrito", acaso con dos de los temas quizá más fuertes de la vida: el amor, que comienza en el descubrimiento inesperado realizado por Dmitri Dmítrich Gúrov ante el encuentro con la misteriosa dama del perrito, y la muerte, manifestada en la incomunicación humana del cochero Iona, que carga sobre sí toda la tristeza que puede llegar a significar la pérdida de un hijo.

Cuentos Celebres circula e ilumina una de las zonas trabajadas por Chéjov en su amplia y prolífica invención de historias, la tensión narrativa. Tensión que se abre especialmente en relación con las clases sociales a las cuales pertenecen o son oriundos los personajes, conduciendo a la noción de epifanía, a la ruptura de un orden establecido y rígido, donde el personaje se libera, como ocurre con Ania en su camino hacia la independencia de su marido Modest Alekseich, en "Una Ana colgada al cuello".

O el enmascaramiento social del matrimonio como institución o sinónimo de contrato por conveniencia, en "Una boda por interés".

La versión del soñador Riabóvich, de "El beso", ilusiona sólo por instantes en la idealización de un hipotético encuentro amoroso, cuando en realidad está inmerso en una existencia pobre, miserable y deslucida.

Cuentos de oficio también habilita a pensar acercamientos, en relación a la teoría, desde la propia ficción, con "Reglas para autores noveles".

Y Un Cuento Clásico sintetiza y cierra la presente selección con el relato quizá más emblemático de Antón Chéjov, "La dama del perrito". Impecable y revolucionario en la construcción del efecto del desenlace: la verdadera historia de la narración comienza recién en la última oración.

Cortázar señalaba que algo estallaba cuando se leían sus relatos. Y esta antología reúne la invitación a ese "estallido" interior, donde necesariamente cada uno de los lectores constituirá sus propios "caleidoscopios chejovianos", al ser capaces de reconocer en sus tramas, las sutilezas del acontecer y existir, la traslación de una prosa en clave y espejo con el destino de cada personaje, tan cerca con el devenir o transcurrir de cada persona, a partir del deslizamiento por algunos de los secretos y misterios humanos que despliegan la presente selección, en la siempre nueva, única e irrepetible forma de significar literariamente la realidad.

Federico Von Baumbach

Cuentos célebres
Boda por interés
(Novela en dos partes)

Primera parte

En la casa de la viuda Mimrina, que vive en el pasaje Piatisobachi, se celebra una cena de bodas.

Hay veintitrés comensales, ocho no comen nada, pues se quejan de que tienen revuelto el estómago. De las velas, las lámparas y una araña coja, que fue necesario alquilar en la taberna, proviene una luz tan intensa que uno de los invitados sentados a la mesa, de profesión telegrafista, guiña los ojos con expresión absorta y opina en forma desordenada sobre el tema del alumbrado eléctrico. A éste y a la electricidad en general les predice un futuro brillante, sin hacer mucho caso de la indiferencia con que le escuchan los comensales.

—¡La electricidad!... —replica el padrino, cuya mirada turbia está fija en su plato—. Opino que el alumbrado eléctrico es una simple tomada de pelo. Algunos creen que por poner ahí dentro un carbón ardiente van a distraer la atención. Pero no, damas y caballeros. Si quieren deslumbrarme, me deben entregar algo más que un carboncillo, algo esencial... ¡Que se pueda tocar! ¡Por ejemplo, el fuego!, ¿comprenden? ¡Fuego natural y no teorías para revolverme la mente!

—Tal vez usted cree eso porque no conoce una batería eléctrica —dice, sintiéndose importante, el telegrafista—, de otra manera podría llegar a opinar algo distinto.

—Ni pretendo verla. ¡Argucias! ¡Patrañas para los crédulos! ¡Para extraerles las ideas! ¡Ya hemos padecido bajo su influjo!... Y sepa usted, muchachito, cuyo nombre y apellido no tengo el honor de conocer, que haría bien en beber y servir de beber a los demás en lugar de defender semejantes embustes.

—Tiene usted toda la razón, padre —dice Aplombov, el novio, joven de cuello largo y cabellos como cerdas, tratando de engrosar su voz chillona—. ¿Acaso es momento de hablar sobre temas científicos? No es que me desagrade comentar los avances de la ciencia, pero para eso hay otros momentos. ¿Y tú qué opinas, *ma chère?* —añade, dirigiéndose a su novia, sentada junto a él.

La novia, Dascheñka, cuyo rostro muestra muchas cualidades, excepto una, la facultad de pensar, se ruboriza y dice:

—Tal vez el caballero quiere hacer gala de sus conocimientos y por eso habla de cosas rebuscadas.

—Siempre hemos podido vivir sin instrucción y hoy mismo, gracias a Dios, celebramos el casamiento de nuestra tercera hija con un hombre de bien —dice, suspirando, la madre de Dascheñka, quien dirige su comentario al telegrafista—. Pero si usted piensa que no somos instruidos, no tiene por qué venir a nuestra casa. Sería mejor que se quedara con sus instruidos.

El silencio cae pesadamente. El telegrafista está asombrado. Nunca esperó que la mención de la electricidad los condujera a la situación actual. Como el silencio que reina a su alrededor tiene un aire hostil y refleja el disgusto de todos los presentes, considera necesario sincerarse.

—Tatiana Petrovna, siempre he tenido un gran aprecio por su familia, y si me he referido al alumbrado eléctrico no ha sido por orgullo. Estoy aquí bebiendo con ustedes por mi propia voluntad. Siempre deseé que Daria Ivanovna encontrara un buen marido. Tatiana Petrovna, sé muy bien que en la época actual es difícil casarse con un hombre de bien. Hoy en día muchas personas se casan por el dinero.

—No le permito hacer alusiones —interrumpe el novio, con la cara roja y la mirada nerviosa.

—No es ninguna alusión —contesta el telegrafista, atemorizado—. Por supuesto que no me refería a ninguno de los presentes. Sólo que así suele suceder, en general. ¡Vaya, si todo el mundo sabe que usted se casa por amor!... ¡Que la fortuna es insignificante!

—¡Basta ya! ¡No es insignificante! —dice airada la madre de Dascheñka—. ¡Para opinar, caballero, hay que saber lo que se dice! ¡No sólo le damos mil rublos, sino también tres abrigos, la cama y todos estos muebles! ¿Le parece poco? ¡A ver si saben de una dote parecida!

—Si yo no digo nada. Quiero decir, los muebles son muy buenos. Más bien me refería a... Se ha ofendido usted porque ha creído que yo aludía...

—Usted no debía hacer ninguna alusión —replica la madre de la novia—. Lo invitamos a la boda por consideración a sus padres, y con estos comentarios paga nuestras atenciones. Porque, vamos a ver, si según usted Egor Fedorovich se casaba por el dinero, ¿por qué guardaba silencio? ¿Por qué no acudió a decirnos, por los lazos que nos unen, que pasaba esto o aquello? Y en lo que se refiere al interés, ¡tú, jovencito, qué vergüenza! —se dirige ahora al novio, mirándolo fijamente y con las lágrimas saltadas—: ¡Después de haberla educado! ¡Después de haber cuidado a mi nena con más atención que a una piedra preciosa para que tú! ¡Tú! ¡Por simple interés...!

—¿Cómo puede usted creer semejante calumnia? —exclama Aplombov levantándose de la mesa y mesándose el cabello—. ¡Muchas gracias! ¡*Merci* por el concepto en que me tiene! Y en cuanto a usted, señor Blinichikov —esto último es para el telegrafista—, no importa que sea mi amigo, no le permito ese desagradable proceder en casa ajena. ¡Haga el favor de largarse de aquí de inmediato!

—¿Qué? ¿Largarme yo?

—¡Usted! ¡Quisiera que su honradez se asemejara a la mía! Pero eso es imposible: ¡mejor váyase!

—¡Déjalo! ¡Ya es suficiente! —interceden los amigos del novio—. ¡No vale la pena! ¡Siéntate y déjalo!

—¡No! Debo demostrar que su afirmación es una mentira. Yo me he casado por amor. No tiene por qué estar sentado todavía. ¡Retírese!

—Yo..., bueno..., solamente... —dice el telegrafista aturdido, levantándose de la mesa—. No entiendo lo que pasa, pero está bien, me voy. Pero antes devuélvame los tres rublos que le presté para su chaleco de piqué. Mientras, beberé un poco y después me marcharé, aunque antes tiene que cubrir lo que me adeuda.

Después de una agitada conversación en voz baja con sus amigos, quienes le reúnen los tres rublos, el novio, con muda indignación, arroja el dinero al telegrafista, y éste, después de buscar con toda calma su gorro oficial, se despide y se retira.

¡Es difícil prever cómo puede acabar una ingenua charla sobre electricidad! Ahora la cena ha terminado. La noche llega. Un autor bien educado debe contener su fantasía y correr el oscuro velo del misterio que hay sobre los acontecimientos que no conoce con precisión. Sin embargo, la aurora todavía encuentra a Himeneo instalado en el pasaje Piatisobachi y tras ella aparece la mañana gris ofreciendo al autor numerosos temas para...

Segunda y última parte

Es una gris mañana de otoño. Apenas son las ocho y ya en el pasaje Piatisobachi hay gran movimiento. Inquietos, guardias y porteros recorren las aceras. Muchas cocineras, muertas de frío y con rostros expectantes, atiborran la entrada de la casa. En todas las ventanas se asoman los vecinos y en los lavaderos se acercan las sienes o las barbillas femeninas.

—¡No se aprecia qué es! ¡Parece nieve! —dicen algunos.

Es cierto, en el aire, desde el piso hasta los tejados, flota algo blanco parecido a la nieve. En la calle todo está blanco: los faroles, los tejados, los bancos, las entradas, los hombros y los gorros de los transeúntes. ¡Absolutamente todo!

—¿Qué pasó? —pregunta una lavandera a los porteros cuando pasan corriendo.

En respuesta, éstos hacen un gesto con la mano y no se detienen. Ellos son los primeros en desconocer lo que pasa. No obstante, uno de los porteros avanza lentamente, gesticulando y hablando consigo mismo. Es evidente que ha estado en el lugar de los hechos y puede explicarlo todo.

—¿Qué ha ocurrido, hermanito? le pregunta la lavandera desde la ventana.

—¡Ha habido un enredo! —replica éste—. En casa de Mimrina, donde ayer hubo una boda, engañaron al novio. Parece que en lugar de mil rublos le dieron novecientos.

—¿Y cómo reaccionó él?

—Está furioso. "¡Estoy tan disgustado —dijo— que voy a descoser el colchón y a tirar el relleno de plumas por la ventana!". Y ¡mira qué cantidad de plumas! ¡Parece nieve!

—¡Ya se los llevan!... ¡Ya se los llevan! —exclamó alguien.

En efecto, de la casa de la viuda Mimrina sale una procesión. La encabezan dos guardias con rostros preocupados. Tras ellos viene Aplombov, con el abrigo y el sombrero puestos. Si pudiera leerse, su rostro diría: "Soy un hombre honrado, pero no soporto que me engañen...".

—¡Ante el juez se aclarará la clase de hombre que soy! —expresa disgustado a cada momento volviendo hacia atrás la cabeza.

Después van Tatiana Petrovna y Dascheñka, ambas lloran. Cierra la procesión un portero, quien lleva un libro, y un tropel de chiquillos.

—¿Por qué lloras, muchacha? —le preguntan las lavanderas a Dascheñka.

—¡Lástima el colchón! —en lugar de ella, quien contesta es la madre—. ¡Pesaba cincuenta kilos, queridas! ¡Y qué plumas! ¡Las más finas!... ¡Dios me castiga hasta en la vejez!

La procesión da vuelta en la esquina y el pasaje Piatisobachi recobra la calma. Las plumas siguen revoloteando hasta la noche.

Una Ana colgada del cuello

I

Después de la boda ni siquiera hubo merienda liviana; los recién casados bebieron una copa, cambiaron de traje y partieron a la estación. En lugar de una alegre fiesta de bodas y una cena, en lugar de música y baile, el viaje a un monasterio, a doscientos kilómetros de distancia. Esta actitud fue aprobada por muchas personas, las cuales decían que por cuanto Modest Alekseich era un funcionario de cierta jerarquía y ya no era joven, una boda ruidosa podía quizás parecer no muy decente; por otra parte, resulta aburrido escuchar música cuando un funcionario de cincuenta y dos años se casa con una jovencita que acaba de cumplir los dieciocho. Se decía también que Modest Alekseich, siendo un hombre de rígidas costumbres, emprendió este viaje al monasterio ante todo para darle a entender a su joven esposa que también en el matrimonio él otorgaba el primer lugar a la religión y la moralidad.

Una multitud de colegas, empleados y parientes, reunida en el andén para despedir a la flamante pareja, esperaba, copa en mano, la partida del tren para gritar "hurra", y Piotr

Leontich, el padre, vestido de frac y con un sombrero de copa, ya ebrio y muy pálido, tendía su copa de champaña hacia la ventanilla y decía en tono implorante:

—¡Aniuta! ¡Ania! ¡Ania, una sola palabra!

Desde la ventanilla Ania se inclinaba hacia él, y su padre le susurraba algo, envolviéndola con un fuerte olor a vino, le resoplaba en el oído —nada se le podía entender— y hacía la señal de la cruz sobre su cara, pecho y manos; tenía la respiración entrecortada y en sus ojos asomaban las lágrimas. Mientras tanto, los hermanos de Ania, Petia y Andriusha, alumnos del colegio, le tiraban del frac y le susurraban, confundidos:

—Papito, basta... Papito, no hagas eso...

Cuando el tren se puso en movimiento, Ania vio a su padre correr un trecho tras el vagón, tambaleándose y derramando el vino; vio también cuán lastimera, bondadosa y culpable era su cara.

—¡Hurra-a-a! —gritaba.

Los recién casados quedaron solos. Modest Alekseich examinó el compartamiento, distribuyó el equipaje sobre los estantes y se sentó, sonriendo, frente a su joven esposa. Era un funcionario de estatura mediana, más bien grueso, muy bien alimentado, con largas patillas y sin bigotes, y su redonda, afeitada y bien acusada barbilla se parecía a un talón.

Lo más característico de su cara era la ausencia de bigote, ese sitio desnudo, recién afeitado, que se convertía gradualmente en gruesas mejillas, temblorosas como la gelatina. Se comportaba en forma circunspecta, sus movimientos eran pausados, sus maneras suaves.

—No puedo menos que recordar ahora una circunstancia —dijo, sonriendo—. Hará unos cinco años, cuando Kosorotov recibió la orden de Santa Ana, de segundo grado, y fue a dar las gracias a su excelencia, éste se expresó de esta manera: "De modo que usted tiene ahora tres Anas: una en el ojal y dos colgadas al cuello". Es que en aquella época, la mujer de Kosorotov, persona frívola y pendenciera, de nombre Ana, acababa de reintegrarse a su hogar. Espero que para la ocasión en que yo reciba la orden de Santa Ana de segundo grado, su excelencia no tenga motivos para decirme lo mismo.

Sonreía con sus ojillos. Ella sonreía también, turbada por la idea de que en cualquier momento este hombre podía besarla con sus gruesos y húmedos labios y de que ella no tenía derecho a negárselo. Los suaves movimientos de su abultado cuerpo la asustaban; tenía a la vez miedo y asco. Él se levantó, sin prisa se quitó del cuello la orden, se sacó el frac y el chaleco y se puso la bata.

—Así estaremos bien —dijo, sentándose al lado de Ania.

Ella recordó cuán penosa había sido su boda, cuando el sacerdote, los invitados y todos los presentes en la iglesia la miraban con tristeza, según le parecía: ¿por qué ella, tan joven, simpática y bella, se casaba con este señor de edad, tan poco interesante? Todavía esta mañana estaba entusiasmada porque todo se había arreglado tan bien, pero durante la ceremonia y ahora en el vagón se sentía culpable, engañada y ridícula. Estaba aquí casada con un hombre rico, a pesar de lo cual seguía sin dinero, el vestido de novia se hizo a crédito, y cuando hoy su padre y sus hermanos fueron a despedirla ella vio por sus caras que no tenían ni un kopek. ¿Podrán cenar hoy? ¿Y mañana? Y le pareció, sin saber por qué, que el padre y los chicos estaban en casa, sin ella, hambrientos, y sentían la misma angustia que en la primera noche después del entierro de su madre.

"¡Qué desdichada soy! —pensó—. ¿Por qué soy tan desdichada?".

Con la torpeza de un hombre serio, que no acostumbra tratar a las mujeres, Modest Alekseich le rozaba el talle y le daba golpecitos en el hombro, mientras que ella pensaba en el dinero, en su madre, en la muerte de ésta. Fallecida su madre, Piotr Leontich, su padre, profesor de caligrafía y dibujo en el colegio de secundaria, se dio a la bebida;

sobrevino un período de necesidades, los muchachos carecían de zapatos y de botas, el padre fue llevado varias veces al juzgado, el ujier vino a la casa y embargó los muebles ¡Qué vergüenza! Ania debió cuidar a su padre borracho, remendar los calcetines a sus hermanos, ir de compras al mercado, y cuando alguien se ponía a elogiar su belleza, juventud y elegantes modales, le parecía que todo el mundo se daba cuenta de su sombrerito barato y de sus zapatos con agujeros disimulados con tinta. Y, de noche, las lágrimas la inquietaban, con la obsesionante idea de que al padre, a causa de su vicio, no tardarían en echarlo del colegio y que él no lo soportaría y moriría, como su madre. Pero entonces algunas damas conocidas se empeñaron en buscarle un hombre bueno. Al poco tiempo encontraron a este Modest Alekseich, que no era joven ni buen mozo, pero que tenía dinero. Tenía en el banco unos cien mil rublos y era dueño de una hacienda, entregada en arriendo. Era un hombre de principios morales y bien mirado por sus superiores; nada le costaría, según le habían dicho a Ania, conseguir una carta de recomendación de parte de su excelencia para el director del colegio y aun para el curador, para que no dejaran cesante a Piotr Leontich.

Mientras ella recordaba estos detalles se oyó de pronto una música, que penetró por la ventanilla junto con el ruido de voces. El tren se detuvo en un apeadero. Detrás del andén, entre la multitud, alguien tocaba con brío el acordeón y un barato y chillante violín, mientras que desde las casas, bañadas por la luz de la luna, por encima de los altos abedules y álamos, llegaban los sones de una banda militar: seguramente se realizaba allí una velada danzante. Sobre el andén paseaban los veraneantes y los que venían de la ciudad para pasar un día tranquilo y respirar aire puro. Entre ellos se encontraba Artynov, el dueño de todo este lugar de descanso, un ricachón alto y corpulento, de cabello negro y con cara de armenio; tenía ojos saltones y vestía un traje extraño. Llevaba una camisa, desabrochada sobre el pecho, y altas botas con espuelas; desde sus hombros bajaba una capa negra que se arrastraba por la tierra como la cola de un vestido de gala. Tras él, inclinando sus afilados hocicos, iban dos perros de caza.

Las lágrimas brillaban aún en los ojos de Ania, pero ella no pensaba ya en su madre, ni en el dinero, ni en su boda, sino que estrechaba las manos a los colegiales y a los oficiales conocidos, reía alegremente y saludaba de prisa:

—¡Buenas noches! ¿Cómo le va?

Salió a la plataforma y se situó bajo la luz de la luna de modo que la vieran entera, con su magnífico vestido y su sombrero nuevo.

—¿Por qué estamos parados aquí? —preguntó. —Porque hay un apeadero aquí —le respondieron—. Están esperando el tren correo.

Al darse cuenta de que la estaba mirando Artynov, ella entornó los ojos con coquetería y empezó a hablar en francés en voz alta. Porque su propia voz resonaba tan agradablemente, se oía la música y la luna se reflejaba en el estanque; porque con tanta avidez y curiosidad la miraba Artynov, ese conocido donjuán y enredador; y porque todo el mundo estaba animado, de repente sintió alegría, y cuando el tren se puso en marcha y los oficiales conocidos la despidieron con un saludo militar, ella ya estaba canturreando la polca cuyos sones le enviaba aún la banda militar que atronaba a lo lejos, detrás de los árboles; y volvió a su compartimento con la sensación de que en este apeadero la habían convencido de que sería dichosa sin falta, ocurriera lo que ocurriese.

Los desposados se quedaron en el monasterio dos días, luego volvieron a la ciudad. Se instalaron en un apartamento fiscal. Cuando Modest Alekseich se iba a la oficina, Ania tocaba el piano, o lloraba de tedio, o se recostaba en el diván y leía novelas u hojeaba una revista de modas. Durante el almuerzo Modest Alekseich comía mucho y hablaba de política, designaciones, traslados y condecoraciones; de que era necesario trabajar; que la vida familiar no es un placer sino un deber; que no puede haber un rublo si falta una kopeika y que por encima de todas las cosas él colocaba la religión y la moralidad. Y, sosteniendo en su puño el cuchillo, cual una espada, sentenciaba:

—¡Cada persona debe tener sus obligaciones!

Ania lo escuchaba, de miedo no podía comer y generalmente se levantaba de la mesa con hambre. Después de comer, el marido se acostaba a descansar y roncaba ruidosamente, y ella iba a ver a los suyos. El padre y los muchachos la miraban de una manera especial, como si un instante antes de su llegada estuvieran juzgándola por haberse casado por interés con un hombre que no amaba, fastidioso y aburrido; su vestido murmurante, sus pulseras; todo su aspecto de dama los incomodaba y ofendía; en su presencia se sentían algo confusos y no sabían de qué hablar con ella; pero la querían igual que antes y aún no se habían acostumbrado a almorzar sin ella. Ania se sentaba a la mesa y comía con ellos la sopa de repollo, la kasha y patatas, fritas con la grasa de cordero, que olía a vela. Con mano temblorosa Piotr Leontich echaba vodka en su copa y la apuraba de prisa, con avidez y asco; luego bebía otra copa, luego otra más. Petia y Andriusha, muchachitos delgados y pálidos, de grandes ojos, retiraban de la mesa el jarro y decían, turbados:

—Papito, no bebas... Basta ya, papito...

También Ania se alarmaba y le imploraba que no bebiera más, mientras que él estallaba de pronto y golpeaba con el puño en la mesa.

—¡No permitiré que nadie me vigile! —gritaba—. ¡Mocosos! ¡Los echaré de la casa a todos!

Pero en su voz sentían la debilidad y la bondad y nadie le tenía miedo. Por la tarde empezaba a vestirse; pálido, con cortes de navaja en la barbilla, estirando su enjuto cuello, quedaba media hora ante el espejo, arreglándose. Se peinaba, se atusaba los negros bigotes, se perfumaba, anudaba la corbata, luego se ponía los guantes y el sombrero de copa e iba a dar lecciones privadas. Y si el día era festivo, se quedaba en casa pintando al óleo o tocando el armonio, que chillaba y rugía; trataba de arrancarle sonidos armoniosos y bellos, acompañándolo con su canto, o reñía a los muchachos:

—¡Pillos! ¡Canallas! ¡Han estropeado el instrumento!

Por las noches, el marido de Ania jugaba a los naipes con sus colegas que vivían bajo el mismo techo, en la casa fiscal. Durante el juego se reunían también las mujeres de los empleados, feas, vestidas sin gusto, vulgares como cocineras; en la casa comenzaban los chismes, tan feos y desabridos como sus autoras.

De vez en cuando, Modest Alekseich iba con Ania al teatro. En los entreactos no la dejaba dar un paso sola, sino que paseaba del brazo con ella por los pasillos y el vestíbulo. Después de saludar a alguien, se apresuraba a susurrar al oído de Ania: "Consejero civil... es recibido en la casa de su excelencia..."; o bien: "Tiene medios... casa propia...". Cuando pasaba cerca del bufet, Ania tenía ganas de comer algo dulce; le gustaban el chocolate y la torta de manzanas, pero no tenía dinero y no se decidía a pedírselo al marido. Éste agarraba una pera, la apretaba con los dedos y preguntaba, indeciso:

—¿Cuánto cuesta?

—Veinticinco *kopeikas*.

—¡Mire usted! —decía su marido, dejando la pera en su lugar; pero como le resultaba incómodo alejarse del bufet sin comprar nada, pedía agua mineral y bebía toda la botella solo, de modo que hasta le asomaban las lágrimas a los ojos. En estos momentos Ania lo odiaba.

A veces se ponía de repente todo colorado y decía prestamente:

—¡Saluda a esta anciana dama!

—Pero si no la conozco.

—No importa. Es la esposa del director de la cámara fiscal. Salúdala, te digo —gruñía, insistiendo—. No se te va a caer la cabeza por eso.

Ania saludaba y, efectivamente, no se le caía la cabeza,

pero tenía una sensación penosa. Hacía todo lo que quería su marido y estaba enojada consigo misma por haberse dejado engañar por él como una tontuela cualquiera. Se había casado nada más que por el dinero, pero ahora lo tenía menos aun que antes del casamiento. Por lo menos su padre solía darle una moneda de veinte kopeikas, mientras que ahora no tenía ni eso. No era capaz de tomar el dinero a escondidas, ni tampoco podía pedirlo; le tenía miedo a su marido y temblaba ante él. Le parecía que ese miedo lo llevaba ya en su alma desde hacía mucho tiempo. Antes, en su infancia, la fuerza más imponente y terrible, que avanzaba como una nube o una locomotora, dispuesta a aplastar, era el director del colegio; la otra fuerza semejante, a la que se temía y de la que se hablaba en su familia era su excelencia; había también una docena de fuerzas más pequeñas, entre estas los profesores del colegio, con bigotes afeitados, severos e implacables; y ahora, finalmente, Modest Alekseich, hombre de rígidas reglas, quien hasta por su cara se parecía al director. En la imaginación de Ania todas estas fuerzas se fundían y, tomando el aspecto de un enorme y terrible oso polar, avanzaban sobre los débiles y culpables, como su padre, y ella no se animaba a contradecirlos, sonreía forzadamente y mostraba una falsa satisfacción ante las caricias toscas y los abrazos que le causaban terror.

Una sola vez Piotr Leontich se atrevió a pedirle al yerno prestados cincuenta rublos para pagar una deuda muy desagradable, ¡pero cómo debió sufrir!

—Bien, se los daré —dijo Modest Alekseich después de pensar un rato—. Pero le advierto que no lo voy a ayudar más hasta que no deje de beber. Para un hombre que tiene un empleo nacional semejante debilidad es vergonzosa. No puedo menos que recordarle algo que es de público conocimiento, el de que esta pasión perdió a muchas personas capaces, mientras que de abstenerse, quizás hubieran llegado con el tiempo a ser personajes de elevada posición.

Siguieron los extensos períodos que comenzaban con: "A

medida que...", "Partiendo de la situación...", "En virtud de lo antedicho..." mientras el pobre Piotr Leontich sufría por la humillación y experimentaba un fuerte deseo de beber una copa.

También los muchachos, que iban a visitar a Ania con los zapatos rotos y con los pantalones gastados, tenían que escuchar preceptos aleccionadores.

—Cada persona debe tener sus obligaciones —les decía Modest Alekseich.

En cuanto al dinero, no se lo daba. En cambio, solía regalar a Ania sortijas, pulseras y broches, señalando que era bueno tener estas cosas para el caso de cualquier emergencia. Y con frecuencia abría la cómoda de ella y efectuaba una revisión para cerciorarse de que todas las alhajas seguían en su lugar.

II

Mientras tanto llegó el invierno. Mucho antes de la Navidad, en el diario local había aparecido el anuncio sobre el habitual baile de invierno que tendría lugar el 29 de diciembre en el club de nobles. Todas las noches, después de los naipes, Modest Alekseich cuchicheaba, agitado, con las mujeres de sus colegas, miraba a Ania con aire preocupado y luego paseaba durante largo rato por la habitación, meditabundo. Finalmente, una vez, por la noche, muy tarde, se detuvo delante de Ania y le dijo:

—Debes hacerte un vestido de baile. ¿Comprendes? Pero, por favor, consulta con María Grigorievna y Natalia Kizminishna.

Y le dio cien rublos. Ella los aceptó, pero al encargar el vestido, no consultó a nadie; sólo habló con su padre y trató de imaginar cómo se hubiera vestido para el baile su difunta madre. Ésta se vestía siempre según la última moda, a Ania le dedicaba muchas horas, la vestía con elegancia como a una muñeca y le enseñó a hablar en francés y a bailar la mazurca a la perfección (antes de casarse, durante cinco años estuvo empleada como institutriz). Igual que su madre, Ania podía transformar un viejo vestido en nuevo, lavar los guantes con bencina, alquilar las *bijoux*[1] o, igual que su madre, sabía entornar los ojos, tartajear, adoptar poses elegantes, entusiasmarse si era necesario y mirar con expresión triste y enigmática.

Cuando, media hora antes de partir al baile, Modest Alekseich entró, sin levita, en el aposento de su mujer para colocarse la orden en el cuello ante el gran espejo, quedó hechizado por su belleza y el esplendor de su fresco y vaporoso vestido, se peinó las patillas satisfecho y dijo:

—Mira, ¡mira la mujercita que tengo! ¡Aniuta! —prosiguió de pronto en tono solemne—. Yo te hice feliz y hoy tú podrás hacerme feliz a mí. Te ruego, ¡preséntate a la esposa de su excelencia! ¡Por el amor de Dios! ¡Mediante ella podré obtener el cargo de informante mayor!

Partieron al baile. Allí estaban el club de nobles y la entrada con el portero. El vestíbulo con los percheros, las abrigos, los lacayos que corren y las damas escotadas que se protegen con sus abanicos de las corrientes de aire; olía a gas de alumbrado y a soldados. Cuando Ania, subiendo las escaleras del brazo de su marido, oyó la música y en un enorme espejo se vio de cuerpo entero, iluminada por una infinidad de luces, en su alma se despertó la alegría y el presentimiento de dicha que había experimentado ya en aquella noche de luna, en el apeadero. Iba orgullosa, segura de sí misma, sintiéndose por primera vez una dama y no una chicuela, e imitando, sin querer, a su difunta madre en su modo de caminar y en sus ademanes. Y por primera vez en su vida se sintió rica y libre. Ni siquiera la presencia de su marido la incomodaba, por cuanto habiendo atravesado el umbral del club, adivinó por instinto que la compañía del viejo marido

---

1   En francés en el original

lejos de humillarla, por el contrario, le imponía el sello de un excitante misterio, que tanto les gusta a los hombres. En el gran salón ya atronaba la orquesta y comenzaba el baile. Acostumbrada a su apartamento en la casa fiscal, Ania se sintió invadida por una impresión de luces, colores abigarrados, música y ruido; al pasear su mirada por la sala pensó: "¡Ah, qué lindo!", y enseguida distinguió entre la multitud a todos sus conocidos, a aquellos con quienes solía encontrarse antes en las veladas y los paseos, los oficiales, los abogados, los profesores, los funcionarios, los terratenientes, su excelencia y las damas de alta sociedad, vestidas de fiesta, muy escotadas, bellas y feas, que estaban ocupando ya sus posiciones en los sitios de beneficencia para comenzar la venta a favor de los pobres. Un enorme oficial con charreteras —lo había conocido siendo colegiala, pero ahora no recordaba su apellido— surgió como por ensalmo y la invitó para el vals; volando ella se alejó del marido y le parecía ya navegar en un barco de vela, en medio de una fuerte tormenta, mientras que su marido se quedaba lejos, en la orilla. Bailó con pasión el vals, la polca y la cuadrilla, pasando de mano en mano, mareada por la música y el ruido, mezclando el idioma ruso con el francés, tartamudeando y riendo, sin pensar en el marido ni en nadie. Tenía éxito entre los hombres, de ello no cabía duda, y no podía ser de otro modo; se quedaba sin aliento a causa de la emoción, convulsivamente apretaba en sus manos el abanico y tenía sed. Piotr Leontich, su padre, vestido con un frac arrugado que olía a bencina, se le acercó, tendiéndole un platito con helado rojo.

—Estás encantadora hoy —dijo, mirándola con admiración— y nunca he lamentado tanto que te hayas dado tanta prisa para casarte. ¿Para qué? Yo sé que lo has hecho por nosotros, pero... —con manos temblorosas sacó un paquetito de billetes y dijo—: A propósito, hoy cobré por mis lecciones y puedo saldar la deuda con tu marido.

Ella le puso el platito en las manos, y arrastrada por alguien se alejó danzando, hasta que por encima del hombro de su pareja vio a su padre deslizarse por el parquet, abrazar a una dama y lanzarse con ella a girar por la sala.

"¡Qué simpático es cuando no está borracho!", pensó.

Bailó la mazurca con el mismo oficial gigante; éste, pesado y grave como una mole uniformada, caminaba, movía los hombros y el pecho, y apenas daba golpecitos con los pies, ya que tenía muy pocas ganas de bailar, mientras que ella revoloteaba a su lado, excitándolo con su belleza, con su cuello descubierto; en sus ojos ardía el ímpetu y sus movimientos eran apasionados, pero él se tornaba cada vez más indiferente y le tendía las manos con benevolencia, como un rey. ¡Bravo, bravo! —se decía entre el público.

Pero, poco a poco, también el oficial gigante se fue contagiando del ritmo general; se sintió animado, emocionado y, sucumbiendo al hechizo, enardecido, se movió liviano y juvenil, mientras ella no hacía más que mover los hombros y mirar con picardía, apareciendo ya como una reina y él como un esclavo, y le parecía que toda la sala los estaba mirando y que todas esas personas languidecían de envidia. Apenas le hubo dado las gracias el oficial gigante, el público se apartó de pronto y los hombres se estiraron extrañamente bajando los brazos. Era su excelencia en persona, de frac y con dos estrellas, quien se dirigía hacia ella. Sí, su excelencia caminaba derecho hacia ella, ya que la miraba a la cara y le sonreía melosamente, masticando con los labios, cosa que solía hacer cuando veía a mujeres bonitas.

—Mucho gusto, mucho gusto —comenzó diciendo—. A su marido lo mandaré a la cárcel por habernos escondido semejante tesoro. Vengo con un encargo de mi mujer —prosiguió, ofreciéndole el brazo—. Debe usted ayudarnos. Sí. Hay que otorgarle un premio de belleza como se hace en América. Sí, sí... Los americanos... Mi mujer la está esperando con impaciencia.

La condujo a una marquesina que tenía la forma de una pequeña izba, donde atendía al público una dama de edad;

la parte inferior de su rostro era desproporcionadamente grande, de tal modo que parecía tener en la boca una piedra de gran tamaño.

—Ayúdenos —dijo por la nariz y arrastrando las sílabas—. Todas las mujeres bonitas están trabajando en la feria de beneficencia; usted es la única que está desocupada. ¿Por qué no quiere ayudarnos?

Ella se retiró y Ania ocupó su lugar junto a un samovar de plata con tazas. No tardó en comenzar un vivaz negocio. Por una taza de té Ania cobraba no menos de un rublo, y al oficial gigante le obligó a tomar tres tazas. Se acercó Artynov, el ricachón de ojos saltones que padecía asma, pero que esta vez ya no llevaba aquel traje extraño con el cual Ania lo había visto en verano, sino que vestía de frac, como todos. Sin apartar su mirada de Ania, bebió una copa de champaña y pagó por ella cien rublos, luego tomó una taza de té y dio cien rublos más, todo ello en silencio, padeciendo asma. Ania llamaba a compradores y les cobraba el dinero, muy convencida ya de que sus sonrisas y sus miradas no proporcionaban a la gente más que un gran placer. Comprendió que había sido creada para esta ruidosa, brillante y alegre vida, con música, bailes, admiradores, y su antiguo miedo ante la fuerza que avanzaba amenazando aplastarla, ahora le parecía ridículo; ya no temía a nadie y sólo lamentaba la ausencia de su madre, que se hubiera alegrado junto con ella de sus éxitos.

Piotr Leontich, que ya estaba pálido, pero que se sostenía aún firmemente sobre sus piernas, se acercó a la pequeña izba y pidió una copa de coñac. Ania se ruborizó, esperando que dijera algo impropio (sentía vergüenza de tener un padre tan pobre y tan ordinario), pero él bebió, le arrojó de su paquetito un billete de diez rublos y se alejó dignamente, sin decir una sola palabra. Poco tiempo después ella lo vio con una pareja en el grand rond y esta vez ya se tambaleaba algo y lanzaba exclamaciones, con gran confusión de su dama; Ania recordó cómo hacía unos tres años, en un baile, su padre se había tambaleado y gritado de manera parecida, y el asunto concluyó con la llegada del subcomisario que lo llevó a su casa a dormir y al día siguiente el director del colegio amenazó con despedirlo. ¡Qué inoportuno era aquel recuerdo!

Cuando en las pequeñas izbas se habían apagado los samovares y las fatigadas benefactoras habían entregado la ganancia a la señora de la piedra en la boca, Artynov condujo a Ania, del brazo, a la sala en que fue servida la cena para todas las participantes en la feria. Los comensales no pasaban de veinte personas, pero la cena fue muy ruidosa. Su excelencia anunció un brindis: "En este comedor lujoso será apropiado beber una copa por el florecimiento de comedores baratos, que fueron el objeto de la feria de hoy". El general de brigada brindó "por la fuerza ante la cual afloja hasta la artillería" y todos comenzaron a colocar sus copas con las de las damas. ¡Fue una cena muy, pero muy alegre!

Cuando a Ania la acompañaron a su casa, ya amanecía y las cocineras iban al mercado. Alegre, embriagada, llena de nuevas impresiones y rendida, se desvistió, se dejó caer en la cama y se durmió enseguida.

Después de la una de la tarde la despertó la doncella, anunciándole la visita del señor Artynov. Se vistió rápidamente y fue a la sala. Poco más tarde llegó su excelencia para agradecer su participación en la feria de beneficencia. Dirigiéndole miradas melosas y masticando con los labios, le besó la mano, pidió permiso para visitarla otras veces y se fue, mientras que ella quedó parada en medio de la sala, sorprendida, hechizada, sin poder creer que el cambio de su vida, el asombroso cambio, hubiese ocurrido tan pronto; y en ese momento entró su marido, Modest Alekseich... Se detuvo delante de ella con la misma expresión dulzona, aduladora y respetuosa del lacayo que se ve en presencia de personas ilustres y poderosas; y con entusiasmo, con indignación, con desprecio, segura ya de que nada tenía que temer, ella le dijo, subrayando cada palabra:

—¡Váyase, imbécil!

A partir de entonces Ania no tenía ya un solo día libre, ya que, si no tomaba parte en un picnic, asistía a un paseo o a un espectáculo. Todas las noches regresaba al amanecer y se acostaba en la sala, en el suelo, y luego, de un modo conmovedor, contaba a todo el mundo cómo dormía bajo las flores. Necesitaba mucho dinero, pero ya no le tenía miedo a Modest Alekseich y gastaba su dinero como si fuera el suyo propio; no se lo pedía ni exigía, se limitaba a enviarle las cuentas o las esquelas: "Sírvase entregar al portador doscientos rublos" o "Pague inmediatamente cien rublos".

Durante las fiestas de pascua Modest Alekseich fue condecorado con la orden de Santa Ana de segundo grado. Cuando fue a dar las gracias, su excelencia dejó de lado el diario y se acomodó en el sillón.

—De modo que usted tiene ahora tres Anas —dijo, mirándose sus blancas manos de uñas rosadas— una en el ojal y dos colgadas al cuello.

Modest Alekseich se puso dos dedos en los labios, por cautela, para no echarse a reír en voz alta y contestó:

—Ahora lo que queda es esperar la aparición del pequeño Vladimiro. Me atrevo a rogar a su excelencia que sea el padrino.

Aludía a la orden de San Vladimiro de cuarto grado e imaginaba ya cómo contaría en todas partes este retruécano suyo tan acertado por su ocurrencia y su valentía; quería decir algo más, igualmente acertado, pero su excelencia saludó con la cabeza y volvió a sumergirse en el diario.

Entretanto Ania continuaba con sus paseos en troika, iba de caza con Artynov, interpretaba papeles en piezas de un acto, salía a cenar y visitaba cada vez menos a los suyos. Éstos ahora almorzaban solos. Piotr Leontich bebía más que antes, faltaba el dinero, y el armonio hacía tiempo que se había vendido para pagar las deudas. Los muchachos ya no lo dejaban salir solo y lo vigilaban para que no se cayera. Y cuando durante los paseos en la calle Kievskaia tropezaban con la troika en que iba Ania, con Artynov en el pescante, Piotr Leontich se quitaba el sombrero de copa e intentaba gritar algo, mientras Petia y Andriusha lo tomaban por los brazos y le decían en tono suplicante:

—No hagas eso, papito... Basta, papito...

La cerilla sueca
(Relato penal)

I

En la mañana del 6 de octubre de 1885, en la oficina del comisario de la circunscripción N° 2 del distrito S, se presentó un joven bien vestido y manifestó que su patrón, el corneta retirado de la Guardia, Marko Ivanovich Kliansov, había sido asesinado. Mientras declaraba, el joven estaba pálido y muy agitado. Le temblaban las manos y miraba con ojos horrorizados.

—¿Con quién tengo el honor de hablar? —le preguntó el comisario.

—Soy Pieskov, administrador de Kliansov, agrónomo y mecánico.

El comisario y los testigos que acudieron con Pieskov al lugar del suceso encontraron lo siguiente:

Junto al pabellón en que vivía Kliansov se aglomeraba la muchedumbre. La noticia del suceso había recorrido con la rapidez de un relámpago todas las cercanías, y la gente, gracias a ser día festivo, llegaba al pabellón desde todas partes del pueblo. Reinaba un rumor sordo. De cuando en cuando se veían fisonomías pálidas y llorosas. La puerta del dormitorio de Kliansov se hallaba cerrada. La llave estaba colocada en la cerradura y por la parte de adentro.

—Por lo visto los asesinos penetraron por la ventana — observó Pieskov al inspeccionar la puerta.

Se dirigieron a la parte del jardín sobre la que daba la ventana del dormitorio. La ventana, cubierta por un visillo verde y desteñido, tenía un aspecto triste y lúgubre. Un ángulo del visillo aparecía ligeramente doblado, y permitía de este modo ver el interior de la habitación.

—¿Ha mirado alguno de ustedes por la ventana? —preguntó el comisario.

—No, señor — contestó el jardinero Efrem, anciano bajito, canoso y con cara de sargento retirado—. No está uno para mirar cuando el espanto le hace temblar el cuerpo.

—¡Ay, Marko Ivanovich, Marko Ivanovich! —clamó el comisario mientras miraba hacia la ventana—. Ya te decía yo que ibas a terminar mal. Ya te lo decía yo y no me hacías caso. ¡El libertinaje no trae buenos resultados!

—Gracias a Efrem —dijo Pieskov—: si no hubiera sido por él no nos habríamos dado cuenta. Él fue el primero a quien se le ocurrió que aquí debía de haber pasado algo. Esta mañana se presentó y me dijo: "¿Por qué tarda tanto el señor en despertarse? ¡Hace ya una semana que no sale del dormitorio!". En cuanto me lo dijo sentí algo así como si me hubieran dado un hachazo en la cabeza. En el instante se me ocurrió una idea... Desde el sábado pasado no se dejaba ver, y hoy es ya domingo. ¡Hace siete días! ¡Se dice muy pronto!

—Sí, amigo... —suspiró otra vez el comisario—. Era un hombre inteligente, culto ¡y tan bueno! Era el primero en todas las reuniones. ¡Pero qué corrompido era el pobre, que en paz descanse! Yo siempre lo esperaba. ¡Stepán! —gritó el comisario dirigiéndose a uno de los testigos—: Ve inmediatamente a mi casa y manda a Andriúshka para que avise enseguida al comisario de distrito. Di que han asesinado a

Marko Ivanovich. Y ve a buscar al mismo tiempo al inspector. ¿Hasta cuándo va a estar allí? Que venga cuanto antes. Luego te vas a avisar al juez instructor, Nicolai Ermolech, para que acuda inmediatamente. ¡Espera, te daré una carta!

El comisario dejó vigilantes alrededor de la habitación, escribió una carta para el juez de instrucción y se marchó a tomar el té a casa del administrador. Al cabo de unos diez minutos estaba sentado en un taburete, mordía cuidadosamente los terrones de azúcar y sorbía el té, ardiente como una brasa.

—¡Ya, ya! —exclamaba—. ¡Ya, ya! Noble rico, "amante de los dioses", como decía Pushkin, ¿y qué ha resultado de todo esto? ¡Nada! Bebedor, mujeriego y... ¡Ahí tiene usted! Lo han asesinado.

Al cabo de dos horas llegó el juez de instrucción. Nicolai Ermolech Chubikov (así se llamaba el juez), anciano, alto, robusto, de unos sesenta años, desempeñaba su cargo hacía ya un cuarto de siglo. Era célebre en todo el distrito como hombre honrado, inteligente y amante de su profesión. Al lugar del suceso vino también con él su fiel ayudante y escribiente Diukovsky, joven, alto, de unos veintiséis años.

—¿Es posible, señores? —empezó a decir Chubikov al entrar en la habitación de Pieskov, estrechando rápidamente las manos de todos—. ¿Es posible? ¿A Marko Ivanovich lo han asesinado? ¡No, es imposible! ¡Im-po-si-ble!

—Ya lo ve usted... —exclamó suspirando el comisario.

—¡Señor, Dios mío! ¡Pero si lo he visto yo el viernes pasado en la feria de Tarabankov! Él y yo estuvimos tomando vodka.

—Pues ya lo ve usted... —volvió a suspirar el comisario.

Suspiraron, se horrorizaron, tomaron el té y luego se marcharon hacia el pabellón.

—¡Paso! —gritó el inspector a la multitud.

Al entrar en la habitación, el juez instructor comenzó, ante todo, a inspeccionar la puerta del dormitorio. La puerta resultó ser de pino, pintada de amarillo, y parecía intacta.

No se hallaron señales especiales que pudieran proporcionar algún indicio. Comenzaron a forzar la puerta.

—¡Señores, que se retiren los que estén de más aquí! —dijo el juez de instrucción cuando después de unos cuantos hachazos consiguieron romper la puerta—. Se lo ruego a ustedes en interés de la inspección. ¡Inspector, que no entre nadie aquí!

Chubikov, su ayudante y el comisario abrieron la puerta, e indecisamente, uno tras otro, entraron en el dormitorio. A su vista se presentó el siguiente espectáculo:

Junto a la única ventana había una cama grande con un enorme colchón de plumas. Sobre él se hallaba una manta arrugada. La almohada, con la funda de indiana, estaba en el suelo, también muy arrugada. Encima de la mesita, que aparecía delante de la cama, había dos relojes de plata y una moneda de veinte kopeikas, también de plata. Allí mismo encontraron cerillas azufradas. Fuera de la cama, de la mesita y de la única silla, no había otros muebles en el dormitorio. Al mirar debajo de la cama el comisario vio un par de docenas de botellas vacías y un gran frasco de vodka. Debajo de la mesita estaba tirada una bota cubierta de polvo. Después de haber lanzado una ojeada por la habitación, el juez instructor frunció el entrecejo y se puso colorado, murmuró apretando los puños.

—Pero ¿dónde está Marko Ivanovich? —preguntó en voz baja Diukovsky.

—Le ruego a usted que no intervenga en esto —respondió severamente Chubikov—. ¡Tengan ustedes la bondad de mirar bien por el suelo! Este es el segundo caso que se me presenta en mi carrera —añadió dirigiéndose al comisario bajando la voz—. En 1870 tuve un caso igual. Usted se acordará seguramente. El asesinato del comerciante Portretov. Allí también pasó lo mismo. Los canallas lo asesinaron y sacaron el cadáver por la ventana.

Chubikov se acercó a la ventana y, después de correr el visillo, la empujó ligeramente. La ventana se abrió.

—Se abre, no estaba cerrada... ¡Hum! Hay huellas en el alféizar. ¿Lo ve usted? Aquí están las huellas de las rodillas... Alguien ha entrado por aquí... Hace falta inspeccionar, pero muy bien, la ventana.

—En el suelo no hay nada de particular —dijo Diukovsky—. Ni manchas ni rasguños. He encontrado solamente una cerilla sueca apagada. ¡Aquí está! Creo recordar que Marko Ivanovich no fumaba; y en su casa utilizaba cerillas azufradas y no suecas. Esta cerilla nos puede servir de indicio.

—¡Cállese usted, hágame el favor! —exclamó el juez de instrucción haciendo un movimiento con la mano—. ¡Venirnos ahora con una cerilla! No puedo soportar las fantasías ardientes. Mejor sería que registrase bien la cama en lugar de buscar cerillas.

Después de inspeccionar la cama Diukovsky declaró:

—No hay ni una sola mancha de sangre ni de ninguna otra clase. Tampoco hay roturas recientes en el colchón. En la almohada hay huellas de dientes. La manta, en algunas partes, tiene ciertas manchas con olor y sabor de cerveza. El aspecto general del lecho permite suponer que hubo lucha.

—¡Sin que usted me lo diga sé que ha habido lucha! Nadie le ha preguntado nada de luchas. Antes de buscarlas valdría más...

—Aquí no hay sino una bota, pero no se ve la otra por ninguna parte.

—¿Y qué?

—Pues que lo han estrangulado precisamente cuando se descalzaba. No le dieron tiempo sino de descalzarse un solo pie.

—¡Oh, oh, qué lejos le lleva la fantasía...! ¿Cómo sabe usted que lo han estrangulado?

—En la almohada hay huellas de dientes. La misma almohada aparece muy arrugada y está tirada en el suelo, a unos dos metros y medio de la cama.

—Pero ¿qué historias nos está usted contando? Lo mejor

es que nos vayamos al jardín; y a usted le valdría más recorrerlo que estar aquí revolviendo todo esto... Eso lo haré yo sin usted.

Al llegar al jardín comenzó la exploración por buscar en la hierba que estaba pisoteada justamente debajo de la ventana. Una mata de bardana que crecía junto a ella y pegada a la pared aparecía tronchada. Diukovsky consiguió descubrir en ella unas cuantas ramitas rotas y un pedazo de algodón. También encontró algunos finos hilos de lana color azul oscuro.

—¿De qué color era el último traje de Ivanovich? —preguntó Diukovsky a Pieskov.

—De dril amarillo.

—Perfectamente. Los asesinos, entonces, llevaban traje azul.

Cortaron unas cuantas yemas de bardana y las envolvieron muy cuidadosamente en un papel.

En aquel momento llegaron el comisario del distrito Artsebachev Svistkovsky y el médico Tintinyev. El comisario saludó a todos e inmediatamente se dedicó a satisfacer su curiosidad; el médico, alto y muy delgado, con los ojos hundidos, la nariz larga y la barbilla puntiaguda, sin saludar ni preguntar a nadie, se sentó en un tronco, suspiró y dijo:

—¿Conque los serbios han vuelto otra vez a agitarse? ¿Qué es lo que quieren? No lo sé. ¡Ay, Austria, Austria! ¿Es esto, acaso, cosa tuya?

La inspección de la ventana por la parte exterior no dio resultados. La de la hierba y matas cercanas a aquélla dieron muchos indicios útiles para la investigación. Diukovsky, por ejemplo, consiguió encontrar en la hierba un reguero de manchas, largo y oscuro, que iba desde la ventana hasta unos metros más allá, a través del jardín. Dicho reguero terminaba debajo de una mata de filas en una mancha grande de color castaño oscuro. También debajo de la misma mata fue hallada una bota, que resultó ser la pareja de la que había en el dormitorio.

—¡Esto es sangre, y de hace mucho tiempo! —dijo Diukovsky mirando las manchas.

El médico, al pronunciar Diukovsky la palabra "sangre", se levantó y lánguidamente lanzó una mirada a las manchas.

—Sí, es sangre —murmuró.

—De modo que si hay sangre no fue estrangulado —dijo Chubikov mirando mordazmente a Diukovsky.

—Lo habrán estrangulado en su cuarto, y aquí, temiendo que no estuviera bien muerto, tal vez lo hicieron con arma blanca—. La mancha que está debajo de la mata demuestra que el cuerpo permaneció allí bastante tiempo, hasta que los asesinos encontraron el medio de sacarlo del jardín.

—Bien. ¿Y la bota?

—Esta bota me afirma aún más en mi creencia de que lo han matado cuando estaba descalzándose, antes de acostarse. Se habría quitado una sola bota, y la otra, es decir, ésta, pudo descalzársela solamente a medias. Luego ella se desprendió sola al arrastrarse hasta aquí el cadáver.

—¡Qué habilidades! —exclamó riéndose Chubikov—. ¡Se le ocurren una tras otra! ¿Cuándo aprenderá usted a no entrometerse con sus suposiciones? ¡Valdría más que en lugar de fantasear se ocupara usted de hacer el análisis de la hierba y de la sangre!

Después de la inspección y de haber sacado el plano del lugar, todo el personal se dirigió a casa del administrador para redactar el informe y para comer. Durante la comida hablaron del suceso.

—El reloj, el dinero y otras cosas están intactos —comenzó a decir Chubikov.

—El asesinato se ha realizado sin fines interesados: tan cierto es esto como que dos y dos son cuatro.

—El asesino debe de ser un hombre inteligente —exclamó, interviniendo, Diukovsky.

—¿De dónde saca usted eso?

—Tengo en mi poder la cerilla sueca, cuyo uso no conocen aún los aldeanos de este país. Esa clase de cerillas la emplean solamente algunos hacendados, pero no todos. No fue uno solo el matador, sino, por lo menos, tres: dos sujetaban a la víctima, y el tercero lo estranguló. Kliansov era muy fuerte y los asesinos debían de saberlo.

—¿De qué podría servirle la fuerza si estaba durmiendo?

—Los asesinos debieron de sorprenderlo cuando se descalzaba. Quitarse las botas no quiere decir estar durmiendo.

—¡No hay que inventar historias! ¡Coma usted y no fantasee!

—Y a mi entender, señor —dijo el jardinero Efrem colocando el samovar encima de la mesa—, este asesinato debe de haberlo cometido Nikolashka.

—Es muy posible —dijo Pieskov.

—¿Y quién es ese Nikolashka?

—El ayuda de cámara del amo, señor —respondió Efrem—. ¿Quién pudo hacerlo sino él? Es un bandido, un bebedor, un mujeriego tan corrompido que... ¡Dios nos libre! Él le llevaba al señor vodka, él lo acostaba. Entonces, ¿quién pudo asesinarlo sino él...? Además... me atrevo a declarar a usía que en una ocasión dijo en la taberna que iba a matar al amo. Todo por Akulka, por una mujer... Es que tenía relaciones con la mujer de un soldado... Al señor le había gustado e hizo todo lo posible para atraerla, y Nikolashka, naturalmente, se enfadó... Ahora está en la cocina, tumbado y completamente borracho. Está llorando. ¡Miente, no le da lástima del señor!

—En efecto, por esa Akulka bien pudo ponerse furioso —dijo Pieskov—. Es mujer de un soldado, pero... no en vano la bautizó Marko Ivanovich con el nombre de Naná. Tiene algo que recuerda a Naná... algo atractivo.

—La conozco, la he visto —dijo el juez instructor sonándose con un pañuelo rojo.

Diukovsky se puso colorado y bajó la vista. El comisario golpeó con los dedos en el platillo. El comisario de distrito comenzó a toser y a buscar algo en su cartera. Solamente al médico, por lo visto, no le produjo impresión alguna el recordar a Akulka y a Naná. El juez instructor ordenó que trajeran a Nikolashka. Éste, mozo joven, de cuello largo, nariz prolongada y llena de pecas, pecho hundido, entró en la habitación: traía puesta una levita del señor. Tenía la cara soñolienta y llorosa. Estaba borracho y apenas se sostenía sobre sus piernas.

—¿Dónde está el señor? —le preguntó Chubikov.

—Lo han asesinado, excelencia.

Dicho esto, Nikolashka parpadeó y comenzó a llorar.

—Sabemos que lo han asesinado; pero ¿dónde está ahora? ¿Dónde está su cuerpo?

—Dicen que lo sacaron por la ventana y lo enterraron en el jardín.

—¡Hum…! Los resultados de la inspección son conocidos ya en la cocina… ¡Muy mal…! Oye, querido, ¿dónde estuviste la noche que mataron al señor? ¿Es decir, el sábado?

Nikolashka levantó la cabeza, estiró el cuello y quedó pensativo.

—No le puedo decir, excelencia —dijo—. Yo estaba un poco bebido y no recuerdo.

—¡*Alibi*![2] —exclamó en voz baja Diukovsky, sonriendo y frotándose las manos.

—Muy bien. Pero… ¿por qué hay sangre debajo de la ventana del señor?

Nikolashka volvió a levantar la cabeza y quedó nuevamente pensativo.

—¡Piensa más deprisa! —le dijo el comisario de distrito.

—Enseguida. Esa sangre no es nada, excelencia. Es que he degollado una gallina. Y la he degollado muy sencillamente, como se acostumbra, pero se me escapó de las manos y echó a correr. Por eso hay sangre allí.

Efrem declaró que, efectivamente, Nikolashka degollaba todas las tardes, y en varios sitios, una gallina, pero

---

2 En latín, "coartada"

nadie había visto que una gallina, no degollada por completo, corriese por el jardín.

—¡*Alibi*! —exclamó sonriéndose Diukovsky.

—¡Y qué *alibi* más estúpido!

—¿Y has tenido relaciones con Akulka?

—Sí, señor. No puedo negarlo.

—¿Y el señor te la quitó?

—No, señor; me la quitó aquí, el señor Pieskov, y al señor Pieskov se la quitó mi amo. Esto fue lo que pasó.

Pieskov se turbó y comenzó a frotarse el ojo izquierdo. Diukovsky clavó en él sus ojos, notó la turbación y se estremeció. Observó que el administrador llevaba pantalones azules, cosa en la que hasta entonces no había reparado. Los pantalones le hicieron recordar los hilos azules encontrados en la bardana. Chubikov, por su parte, lanzó una mirada de sospecha sobre Pieskov.

—Retírate —le dijo a Nikolashka—. Y ahora permítame una pregunta, señor Pieskov. Usted, naturalmente, estuvo aquí el sábado.

—Sí. A las diez cené con Marko Ivanovich.

—¿Y después?

Pieskov quedó confuso y se levantó de la mesa.

—Después…. después… A decir verdad, no recuerdo —balbuceó—. Aquella noche había bebido demasiado. No recuerdo ni dónde ni cuándo me dormí… ¿Por qué me miran todos ustedes de esa manera? ¡Como si yo fuese el asesino!

—¿Dónde se despertó usted?

—Me desperté en la cocina de los criados, cerca de la estufa… Todos lo pueden afirmar; por qué me encontré cerca de la estufa, no lo sé.

—No se agite… ¿Conocía usted a Akulka?

—Eso no tiene nada de particular.

—¿De sus manos pasó a las de Khansov?

—Sí… ¡Efrem, sirve más hongos! ¿Quiere té, Evgraf Kusinich?

Durante cinco minutos reinó un silencio pesado, agobiador. Diukovsky callaba y no quitaba los ojos escrutadores del pálido rostro de Pieskov. El silencio fue interrumpido por el juez instructor.

—Habrá que ir a la casa grande para hablar allí con la hermana del difunto, María Ivanovna —dijo—. Ella podría hacernos alguna declaración interesante. Chubikov y su ayudante agradecieron la comida y se dirigieron a la casa señorial. Encontraron a la hermana de Kliansov, María Ivanovna, mujer de unos cuarenta y cinco años, rezando delante de los iconos. Al ver a los visitantes con las carteras y el uniforme, palideció.

—Ante todo, pido perdón por haber interrumpido sus rezos —comenzó a decir muy galantemente Chubikov—. Venimos a pedirle cierto favor. Usted, naturalmente, lo habrá oído ya. Se sospecha que su hermano ha sido asesinado. ¡La voluntad de Dios! La muerte no se compadece de nadie, ni de los zares ni de los labradores. ¿No podría usted ayudarnos con algunas declaraciones?

—¡Ay! ¡No me pregunten ustedes! —dijo María Ivanovna, palideciendo aún más y tapándose la cara con las manos—. ¡No puedo decirle nada! ¡Nada! ¡Se lo suplico a ustedes! Yo, nada... ¿Qué puedo yo? ¡Ay, no, no... ni una palabra de mi hermano! ¡Ni siquiera en la hora de la muerte he de decir nada...!

María Ivanovna se echó a llorar y se marchó a otra habitación. Los jueces cambiaron una mirada, se encogieron de hombros y se retiraron.

—¡Qué mujer del demonio! —exclamó Diukovsky, en tono insultante, al salir de la casa grande—. Por lo visto sabe algo y lo oculta, también se nota algo en la cara de la doncella ¡Que aguarden, pues, demonios! Lo averiguaremos todo.

Por la noche, Chubikov y su ayudante, iluminados por la pálida luna, se volvieron a sus casas; en el coche hicieron mentalmente el balance del día. Ambos estaban cansados y callaban. A Chubikov, por lo común, no le gustaba hablar yendo de viaje, y el charlatán Diukovsky callaba por complacer al viejo juez. Al término del viaje, el ayudante no pudo resistir más el silencio.

—Que Nikolashka ha tomado parte en este asunto — dijo—, *non dubitandum est*[3]. Hasta por su cara se nota lo granuja que es. El *alibi* lo descubre por completo. Tampoco cabe la menor duda de que en este asunto no es él el iniciador. El muy estúpido ha sido el brazo mercenario. ¿De acuerdo? Tampoco representa el último papel en este drama el modesto Pieskov. Los pantalones azules, la confusión, el dormir cerca de la estufa lleno de miedo después del asesinato, *alibi* también es Akulka.

—¡Charle, charle! ¡Ahora le toca a usted! Según usted, todo el que conocía a Akulka es asesino ¡Oh, vehemencia! Debería estar usted todavía chupando el biberón sin cuidarse de asuntos importantes. Usted también ha ido detrás de Akulka; por consiguiente, ¿es uno de los complicados?

—También fue cocinera de usted, pero... No hago nada. La víspera del domingo por la noche jugábamos a las cartas; de otra manera podría sospechar igualmente de usted.

—No se trata de ella, mi querido amigo. Se trata del sentimiento trivial, bajo y repugnante. A ese joven modesto no le agradó no haber triunfado. El amor propio... Quería vengarse... Y luego sus labios carnosos dicen todo lo que es. ¿Se acuerda usted de cómo apretaba los labios cuando comparaba a Akulka con Naná? ¡Que el canalla se abrasa de pasión, no cabe duda! Pues bien: es el amor propio ofendido y la pasión insaciable. Esto es bastante para cometer un asesinato. Tenemos dos en nuestro poder; pero ¿quién será el tercero? Nicolacha y Pieskov sujetaron a la víctima. Pero ¿quién será el que la estranguló? Pieskov es tímido, es cobarde en general. Los tipos como Acolacha no saben ahogar con una almohada; prefieren un hacha. El que estranguló fue otro; pero ¿quién pudo ser?

---

3   En latín, "no hay dudas".

Diukovsky se caló el sombrero hasta los ojos y quedó pensativo. Calló hasta que el coche llegó a la casa del juez de instrucción.

—¡Eureka! —dijo entrando en la casa sin quitarse el gabán—. ¡Eureka, Nikolashka Ermolech! ¿Cómo no se me ha ocurrido esto antes?

—Déjelo usted, hágame el favor. La cena está ya preparada. ¡Siéntese y vamos a cenar!

El juez de instrucción y Diukovsky se pusieron a cenar. Diukovsky se sirvió una copa de vodka, se levantó, irguiéndose y, centelleándole los ojos, dijo: —¡Pues sepa usted que el tercero que intervino, el que estrangulaba, era una mujer! ¡Sí! Hablo de la hermana del difunto, María Ivanovna.

Chubikov apuró la copa y detuvo la mirada en Diukovsky.

—Usted, no da en el clavo. Tiene la cabeza un poco…. ¿no le estará doliendo?

—Estoy perfectamente bien. Quizá sea yo el loco, pero ¿cómo se explica usted la confusión de ella cuando nos presentamos? ¿Cómo se explica usted el no querer declarar? Supongamos que todas estas cosas son tonterías, ¡está bien!, ¡perfectamente!; pues entonces acuérdese de las relaciones que existían entre ellos. Ella odiaba a su hermano. Es *staroverka* (miembro de una secta ortodoxa), y él un mujeriego y un descreído… Ahí tiene usted por qué es el odio. Dicen que él logró convencerla de que era el ángel de Satanás. Delante de ella se entregaba a prácticas de espiritismo.

—¿Y qué?

—¿No lo comprende usted? Ella, *staroverka*, lo mató por fanatismo; no sólo mató al corruptor: libró también al mundo de un anticristo, y está persuadida de que ha logrado un triunfo para su religión, ¡Usted no conoce a estas solteronas, estas *staroverkas*! ¡Lea usted a Dostoievsky! ¡Mire usted lo que dicen Leskov, Pechersky! ¡Es ella, es ella, así me maten! Es ella quien lo ha estrangulado. ¡Es una mujer mala! Para despistarnos estaba rezando delante de los íconos cuando entramos. Como diciendo: "Me voy a poner a rezar para que piensen que rezo por el difunto, para que crean que no los esperaba": ¡Amigo Ermolech, deje a mi cargo este asunto: déjeme que lo lleve hasta el final! ¡Hágame el favor! ¡Yo lo he empezado y lo terminaré!

Chubikov movió negativamente la cabeza y frunció el entrecejo.

—Nosotros también sabemos llevar asuntos difíciles —dijo—. Y usted no debe meterse en lo que no le incumbe. Escriba usted lo que yo le dicte. Esta es su misión.

Diukovsky se enfadó y salió dando un portazo.

—¡Qué inteligente es este granuja! —murmuró Chubikov mientras lo seguía con la mirada a Diukovsky—. ¡Qué inteligente! Pero también es vehemente e inoportuno. Habrá que comprarle una tabaquera en la feria.

Al día siguiente, por la mañana, fue conducido a casa del juez de la aldea Kliausovka, un mozo que tenía la cabeza grande y labio leporino, el cual dijo llamarse pastor Danilka, que prestó una declaración muy interesante..

—Yo estaba un poco borracho—dijo—. Hasta la medianoche estuve en casa de mi compadre. Al ir a casa, como estaba borracho, me metí en el río para bañarme. Me baño... y en esto veo que van dos hombres por el dique y que llevan algo negro. ¡Uuuuh...! grité. Y ellos se asustaron. Se dirigieron a la huerta de Makar. ¡Que me parta un rayo si no llevaban un cordero!

Aquel mismo día, a última hora de la tarde, fueron detenidos Pieskov y Nikolashka y conducidos bajo escolta a la ciudad del distrito. En la ciudad los metieron en la cárcel.

II

Pasaron doce días.

Era de mañana. El juez de instrucción, Nicolai Ermolech, estaba sentado en su despacho junto a una mesa verde, y hojeaba la causa de Kliansov; Diukovsky, inquieto, paseaba de un rincón a otro como lobo enjaulado.

—¿Está usted persuadido de la culpabilidad de Nikolashka y Pieskov? —decía acariciando nerviosamente su incipiente barbita—. ¿Por qué no quiere usted convencerse de la culpabilidad de María Ivanovna? ¿Tiene usted pocas pruebas?

—No digo que no estoy persuadido. Estoy convencido de ello; pero, por otro lado, tengo poca fe... Pruebas de verdad no las hay, sino que todo es puras presunciones... fanatismo, etcétera.

—¡Usted lo que quisiera es que le presentasen el hacha, las sábanas ensangrentadas! ¡Leguleyos! ¡Pues yo se lo demostraré a usted! ¡Yo lo haré dejar de mirar fríamente la parte psicológica de esta causa! ¡Su María Ivanovna irá a Siberia! ¡Yo se lo demostraré a usted! ¿Le parecen poco las presunciones? Pues tengo yo algo fundamental... ¡Ello le demostrará las razones de mis deducciones! Déjeme que lo averigüe mejor.

—¿De qué habla usted?

—De la cerilla sueca ¿Se le ha olvidado? ¡A mí, no! Yo averiguaré quién fue el que la encendió en la habitación del muerto. No la encendieron ni Nikolashka ni Pieskov, a quienes, al registrarlos, no les hemos encontrado cerillas, sino el tercero, es decir, María Ivanovna. Yo se lo demostraré a usted. Déjeme usted que vaya por el distrito a averiguar las cosas.

—¡Bueno, está bien, siéntese usted! Vamos a proceder al interrogatorio. Diukovsky se sentó junto a una mesa y metió su larga nariz en los papeles.

—Que entre Nikolai Tetejov —gritó el juez instructor.

Entraron a Nikolashka. Estaba pálido y delgado como una astilla. Temblaba.

—¡Tetejov! —empezó a decir Chubikov—. En 1879 estaba usted procesado por el juez del primer distrito por delito de robo, y fue usted condenado a prisión. En 1882 lo procesaron por segunda vez y volvieron a meterlo en la cárcel. Nosotros estamos enterados de todo...

En el rostro de Nikolashka se reflejó el asombro. La

omnisciencia del juez de instrucción lo dejó pasmado. Pero pronto el asombro se convirtió en expresión de profundo dolor. Se echó a llorar y pidió permiso para ir a lavarse y tranquilizarse. Lo sacaron de la sala.

—¡Que entre Pieskov! —ordenó el juez.

Entraron a Pieskov. El joven, durante los últimos días, había cambiado físicamente. Estaba delgado, pálido, casi demacrado. En sus ojos se leía la apatía.

—Siéntese usted, Pieskov —dijo Chubikov—. Espero que esta vez sea usted más razonable y no mienta como las otras veces. Todos estos días negaba usted su participación en el asesinato de Kliansov, a pesar de las múltiples pruebas que hablan en su contra. Muy mal hecho. La confesión aminora la culpa. Hoy hablo con usted por última vez. Si hoy no confiesa, mañana ya será tarde. Bien. Declare...

—No sé nada.... ni sé tampoco qué pruebas son esas —dijo Pieskov.

—¡Muy mal hecho! Pues permítame que le relate cómo ocurrió el suceso. El sábado por la noche estaba usted en el dormitorio de Khansov, bebiendo con él vodka y cerveza (Diukovsky clavó la mirada en el rostro de Pieskov y ya no la apartó durante todo el monólogo). Nikolashka les servía a ustedes. A la una de la madrugada Marko Ivanovich le manifestó su deseo de acostarse. Siempre se acostaba a la una. Cuando estaba descalzándose y dando órdenes, relativas al gobierno de la casa, usted y Nikolai, a una señal convenida, agarraron al señor, que estaba borracho, y lo arrojaron sobre la cama. Uno de ustedes se le sentó en los pies, otro encima de la cabeza. En ese momento entró por el vestíbulo una mujer conocida de usted, vestida de negro, la cual había convenido de antemano con ustedes todo lo referente a su participación en este asunto criminal. Ella tomó la almohada y empezó a ahogarlo. Durante la lucha se apagó la vela. La mujer sacó del bolsillo una caja de cerillas suecas y la encendió. ¿No es cierto? Veo en su rostro que digo la verdad. Luego de haberlo ahogado y de haberse convencido de que ya no respiraba, usted y Nikolai lo sacaron por la ventana y lo colocaron junto a la mata de bardana. Temiendo que reviviese, le dio usted con un arma blanca. Después se lo llevaron y lo pusieron por algún tiempo debajo del arbusto de lilas.

Luego de haber descansado y pensarlo bien se lo llevaron. Lo sacaron atravesando la empalizada. Enseguida se dirigieron a la carretera. Luego siguieron por el dique. En el dique los asustó a ustedes un mujik. Pero ¿qué le pasa a usted?

Pieskov, pálido como la muerte, se levantó tambaleándose.

—¡Estoy sofocado! —dijo—. Bien ¡Así sea! Pero déjeme usted salir..., hágame el favor.

Sacaron a Pieskov.

—¡Por fin confesó! —exclamó Chubikov satisfecho—. ¡Se ha rendido! ¡Con qué habilidad lo he agarrado! Le he expuesto el asunto con claridad.

—Y no ha negado tampoco lo de la mujer vestida de negro —dijo riéndose Diukovsky—. Sin embargo, me atormenta horrorosamente la cerilla sueca. ¡No puedo contenerme más! ¡Adiós! Allá me voy.

Diukovsky se puso la gorra y se marchó.

Chubikov comenzó a interrogar a Akulka. Ésta declaró que no sabía nada de nada.

—¡Yo he vivido solamente con usted y no conozco a nadie más! —dijo.

A las seis de la tarde volvió Diukovsky. Venía agitado como nunca. Le temblaban las manos hasta tal punto que no fue capaz de desabrocharse el gabán. Le ardían las mejillas. Se veía que traía novedades.

—*Veni, vidi, vici* —exclamó, entrando como una tromba en la habitación de Chubikov y desplomándose en un sillón—. ¡Juro por mi honor que empiezo a creer en mi genio! ¡Escuche usted, el demonio nos lleve! Escuche y asómbrese, de risa y tristeza al mismo tiempo. Tenemos en nuestro poder a tres... ¿no es eso? ¡He encontrado al cuarto, o, mejor dicho, a la cuarta, porque también es mujer! Y ¡qué mujer! ¡Sólo por una ligera caricia en sus hombros daría yo diez años de vida! Pero... escuche usted... He ido a Khansovka y me he puesto a describir espirales alrededor de ella. Visité por el camino todas las tiendas, tabernas y bodegas, pidiendo en todas partes cerillas suecas. En todas partes me contestaron: "No tenemos". He estado recorriéndolo todo hasta ahora.

Más de veinte veces perdí la esperanza y otras tantas volví a tenerla. He andado durante todo el día, y solamente hace una hora di con lo que buscaba. El sitio está a unas tres verstas de aquí. Me despacharon un paquete de diez cajas de cerillas, y faltaba una. Pregunté enseguida: ¿Quién ha comprado la caja que falta?

"Fulana de tal... Le gustan las cerillas suecas", me dijeron. ¡Querido Nikolashka Ennolech, no es posible concebir lo que puede a veces hacer un hombre expulsado del seminario y repleto de lecturas de Gaborio! ¡Desde este mismo día comienzo a respetarme...! ¡Uf!.. ¡Bueno, vamos!

—¿Adónde?

—A casa de la cuarta. Hay que darse prisa. Si no..., si no, me abrasaré de impaciencia. ¿Sabe usted quién es ella? ¡No lo adivinará usted! ¡La joven esposa de nuestro viejo comisario Evgyaf Kusmich, Olga Petrovna, ella es! ¡Ella fue la que compró aquella cajita de cerillas!

—Usted... tú... usted... ¿se ha vuelto loco?

—¡Muy sencillo! En primer lugar, ella fuma. En segundo lugar, estaba enamoradísima de Kliansov. Éste la cambió por Akulka. Fue la venganza. Ahora recuerdo que los he encontrado a los dos, en una ocasión, escondidos en la cocina, detrás de la cortina. Ella le hacía mil promesas, y él fumaba su cigarrillo y le echaba el humo en la cara. Bueno, vámonos, porque ya está oscureciendo. Vámonos.

—Yo no me he vuelto loco todavía para ir a molestar

por la noche y por tonterías de chiquillo a una señora noble y honrada.

—¡Noble, honrada! Después de esto, es usted un trapo y no un juez de instrucción. ¡Nunca me había atrevido a injuriarlo, pero ahora es usted el que me obliga a ello! ¡Trapo! Es usted un trapo. Vamos, querido Nikolashka Ermolech, se lo ruego.

El juez hizo un movimiento de desprecio con la mano y escupió.

—¡Se lo ruego a usted! ¡Se lo ruego a usted no por mí, sino por el interés de la Justicia! ¡Se lo suplico a usted, en fin! ¡Hágame usted ese favor por lo menos una vez en la vida! Diukovsky se arrodilló. —¡Ermolech! ¡Sea usted bueno: me llamará usted canalla y malvado si me equivoco acerca de esta mujer! ¡No olvide usted qué causa tenemos! ¡Es toda una causa! ¡Es una novela y no una causa! ¡Llegará a ser célebre en todos los rincones de Rusia! — ¡Fíjese usted, viejo insensato!

El juez frunció el entrecejo e indecisamente alargó la mano para recoger el sombrero.

—¡Bueno, el diablo te lleve! —dijo—. Vámonos.

Había ya oscurecido cuando el coche del juez llegó a la casa del comisario. —¡Qué cerdos somos! —dijo Chubikov, tirando la cuerda de la campanilla. Estamos molestando a la gente.

—No importa, no importa... No tenga usted miedo... Diremos que se nos ha roto una ballesta del coche.

A Chubikov y a Diukovsky los recibió en el umbral una mujer alta, robusta, de unos veintitrés años, cejas negras como el azabache y rojos labios carnosos. Era la propia Olga Petrovna.

—¡Ah..., tanto gusto! —exclamó sonriendo francamente—. Han llegado ustedes precisamente a la hora de cenar. Mi Evgraf Kusmich no está en casa. Pero no importa, la pasaremos sin él. Siéntense ustedes. ¿Vienen ahora de hacer averiguaciones?

—Sí. Es que se nos ha roto una ballesta del coche —

comenzó a decir Chubikov, entrando en el salón y acomodándose en un sillón.

—¡Hágalo pronto…. atúrdala usted! —dijo en voz baja Diukovsky—. ¡Sorpréndala usted!

—Una ballesta…

—¡Sorpréndala, le digo! ¡Se dará cuenta si empieza usted a divagar!

—Bueno, haz lo que quieras y a mí déjame en paz —murmuró Chubikov, levantándose y acercándose a la ventana—. Yo no puedo, ¡tú has armado este enredo y tú tendrás que ponerle término!

—Sí, una ballesta… —comenzó Diukovsky, aproximándose a la mujer del comisario y frunciendo su larga nariz—. Hemos venido no para… bueno… para cenar…, ni tampoco para ver a Evgraf Kusmich. ¡Hemos venido a preguntarle a usted, señora mía, dónde está Marko Ivanovich, a quien usted ha asesinado!

—¿Qué? ¿Qué Marko Ivanovich? —balbuceó la mujer del comisario, y su ancho rostro se tiñó en un instante de un color rojo subido—. Yo… no comprendo…

—¡Se lo pregunto a usted en nombre de la ley! ¿Dónde está Kiansov? ¡Nosotros estamos perfectamente enterados de todo!

—¿Quién se los ha dicho? —preguntó suavemente la mujer del comisario, sin poder resistir la mirada de Diukovsky.

—Tenga la bondad de indicarnos el lugar en que se encuentra.

—¿Pero cómo lo han averiguado ustedes? ¿Quién se los ha contado?

—¡Nosotros estamos enterados de todo! ¡Lo exijo en nombre de la ley!

El juez de instrucción, animado por la turbación de la mujer, se acercó a ella y le dijo:

—Díganos usted dónde está y nos marcharemos. De lo contrario, nosotros…

—¿Para qué lo quieren ustedes?

—¿A qué vienen esas preguntas, señora? ¡Nosotros le

rogamos que nos diga usted en dónde se encuentra! ¡Está usted temblando y confusa...! ¡Sí, lo asesinaron, y si quiere usted saber más, le diré que lo ha asesinado usted! ¡Sus cómplices la han delatado!

La mujer del comisario palideció.

—Vengan ustedes —dijo suavemente, retorciéndose las manos—. Lo tengo escondido en una cabaña. ¡Pero por amor de Dios, no se lo digan a mi marido, se los suplico! ¡No podría soportarlo!

La mujer del comisario descolgó de la pared una llave grande y condujo a sus huéspedes, atravesando la cocina y el vestíbulo, hasta el patio. Reinaba ya una gran oscuridad. Caía una llovizna. La mujer del comisario iba delante. Chubikov y Diukovsky la seguían por la hierba crecida, aspirando el olor del cáñamo salvaje y de la basura que había esparcida por aquellos lugares. El patio era muy grande. Pronto pasaron por el vertedero y sintieron que sus pies pisaban tierra de labor. En la oscuridad se divisaban las siluetas de los árboles y, entre éstos, una casita con la chimenea encorvada.

—Esta es la cabaña —dijo la mujer del comisario—. Pero les suplico que no se lo digan a nadie. Al acercarse al lugar, Chubikov y Diukovsky vieron que de la puerta colgaba un enorme candado.

—¡Prepare la vela y las cerillas! —dijo en voz baja el juez de instrucción a su ayudante. La mujer del comisario abrió el candado y dejó entrar a sus huéspedes. Diukovsky encendió una cerilla e iluminó la entrada de la pieza. En medio de ella había una mesa, sobre la cual estaban colocados un samovar, una sopera con restos de sopa y un plato con residuos de salsa.

—¡Adelante!

Entraron en la habitación contigua, en el baño. Allí también había una mesa. Encima de la mesa, una fuente muy grande, con pedazos de pan, una botella de vodka, platos, cuchillos y tenedores.

—Pero ¿dónde está? ¿Dónde está el asesinado? —preguntó el juez.

—¡Está arriba, en la habitación! —murmuró la mujer, palideciendo y temblando cada vez más.

Diukovsky tomó la vela y subió hasta la habitación, donde encontró un cuerpo humano, largo, que yacía inmóvil, sobre un colchón de plumas. El cuerpo emitía un ligero ronquido.

—¡Nos están engañando, el demonio los lleve! —gritó Diukovsky—. ¡No es él! Aquí está durmiendo alguien que está bien vivo. ¡Hey! ¿Quién es usted?

El cuerpo suspiró fuertemente con un silbido y comenzó a moverse. Diukovsky le dio con el codo. El durmiente se incorporó y alargó las manos a la cabeza que estaba junto a él.

—¿Quién es? —preguntó por lo bajo—. ¿Qué quieres?

Diukovsky acercó la vela a la cara del desconocido y lanzó un grito. En la nariz roja, en los cabellos encrespados y despeinados, en los negros bigotes, uno de los cuales estaba muy retorcido y vuelto hacia arriba en una postura impertinente, reconoció al corneta Kliansov.

—¿Es usted... Marko... Ivanovich? ¡No puede ser!

El juez miró hacia arriba y se quedó impactado.

—Soy yo, sí ... ¡Ah! ¿Es usted, Diukovsky? ¿Qué demonio lo trae por aquí? ¿Y quién es aquel que está allí? ¿Qué tipo es ese? ¡Señor, el juez! ¿Cómo han venido ustedes aquí?

Kliansov descendió rápidamente y abrazó a Chubikov. Olga Petrovna se ocultó detrás de la puerta.

—Pero ¿cómo han venido ustedes? ¡Tomemos una copa de vodka, qué diablo! ¡Bebamos! Sin embargo, ¿quién los ha traído a ustedes aquí? ¿Cómo se han enterado ustedes de que estoy aquí? ¡Bueno, qué más da! ¡Bebamos!

Kliansov encendió la lámpara y sirvió tres copas de vodka.

—Es que yo.... ¡yo no te entiendo! —dijo el juez abriendo los brazos—. ¿Eres tú, o no lo eres?

—Vamos, déjame... ¿Vas a echarme un sermón de moral? ¡No te molestes! ¡Joven Diukovsky, bébete tu copa! ¡Be-ba-mos, a-mi-gos!... Pero ¿qué hacen ustedes ahí? ¡Vamos a beber, bebamos!

—Yo, sin embargo, no lo entiendo —dijo el juez apurando rápidamente su copa—. ¿Por qué estás aquí?

—¿Por qué no voy a estar si me encuentro bien aquí?

Kliansov apuró otra copa y comió después un pedazo de jamón.

—Vivo aquí, como ven, en esta casa de la mujer del comisario. Aislado, entre árboles, como un duende... ¡Bebe! ¡Es que me dio lástima la pobre mujer! Me compadecí de ella y vivo aquí en la cabaña, como un ermitaño. Como, bebo. La semana próxima pienso marcharme de aquí. Ya estoy harto.

—¡Inconcebible! —dijo Diukovsky.

—¿Por qué inconcebible?

—¡Inconcebible! ¡Por amor de Dios, dígame cómo ha ido a parar su bota al jardín!

—¿Qué bota?

—Hemos encontrado una bota en el dormitorio y la otra en el jardín.

—¿Y para qué quiere saberlo? No es cosa suya. ¡Beban, el demonio los lleve! ¡Me han despertado! ¡Pues beban! La historia de la otra bota es muy interesante. Yo no quería venir aquí, no estaba de humor, pero ella llegó a mi ventana y empezó a reñirme... ¡Ya sabes tú cómo son las mujeres, por lo general...! Yo, como estaba algo bebido, tomé la bota y se la tiré a la cabeza ¡Ja, ja! ¡Toma, por reñirme! Ella entró por la ventana, encendió la lámpara y empezó a pegarle a este borracho. Me hizo levantar, me trajo aquí, me encerró. Aquí me alimento. ¡Amor, vodka y fiambres! Pero ¿adónde van? Chubikov, ¿adónde van?

El juez escupió y salió de la cabaña: detrás de él, Diukovsky, cabizbajo. Ambos se sentaron en el coche y se marcharon. Nunca les pareció el camino tan largo y tan aburrido como aquella vez. Ambos callaban. Chubikov, durante todo el camino, iba temblando de rabia; Diukovsky escondía el rostro en el cuello del gabán, como si temiera que la oscuridad y la llovizna leyesen la vergüenza en su rostro.

Al llegar a su casa, el juez de instrucción encontró en su cuarto al médico Tintinyev. El doctor estaba sentado junto a la mesa y, suspirando fuertemente, hojeaba la revista *Niva*.

—¡Qué cosas pasan en este mundo! —dijo, recibiendo al juez con una sonrisa triste—. ¡Otra vez Austria y sus andanzas! Y Gladstone también, de una manera...

Chubikov tiró el sombrero debajo de la mesa y comenzó a temblar.

—¡Esqueleto del demonio! —gritó—. ¡Déjame en paz! ¡Te he dicho mil veces que me dejes tranquilo con tu política! ¡No estoy ahora para política! Y a ti —añadió Chubikov dirigiéndose a Diukovsky y amenazándolo con el puño—, ¡a ti no te olvidaré por los siglos de los siglos!

—Pero ¿no era la cerilla sueca? ¿Cómo iba a saberlo?

—¡Que te ahorquen con tu cerilla! ¡Quítate de mi vista y no irrites, porque no sé lo que voy a hacer contigo! ¡No vuelvas más a poner los pies aquí!

Diukovsky suspiró, tomó el sombrero y salió.

—¡Me voy a emborrachar! —decidió al salir de la casa, dirigiéndose tristemente a la taberna.

La mujer del comisario, al volver de la cabaña a su casa, encontró a su marido en el salón.

—¿A qué ha venido el juez aquí? —preguntó el marido.

—Ha venido a decir que han encontrado a Kliansov. Figúrate, lo han encontrado en casa de una mujer casada.

—¡Ay Marko Ivanovich, Marko Ivanovich! —exclamó suspirando el comisario levantando los ojos—. ¡Ya te decía yo que el libertinaje no trae buenos resultados! ¡Ya te lo decía yo! ¡No me has hecho caso!

El beso

El veinte de mayo a las ocho de la tarde las seis baterías de la brigada de artillería de la reserva de N, que se dirigían al campamento, se detuvieron a pernoctar en la aldea de Mestechki. En el momento de mayor confusión, cuando unos oficiales se ocupaban de los cañones y otros, reunidos en la plaza junto a la verja de la iglesia, escuchaban a los aposentadores, por detrás del templo apareció un jinete en traje civil montando una extraña cabalgadura. El animal, un caballo bayo, pequeño, de hermoso cuello y cola corta, no caminaba de frente sino un poco de costado, ejecutando, con las patas, pequeños movimientos de danza, como si se las azotaran con el látigo. Llegado ante los oficiales, el jinete alzó levemente el sombrero y dijo:

—Su excelencia el teniente general von Rabbek, propietario del lugar, invita a los señores oficiales a que ya mismo vengan a tomar el té en su casa.

El caballo se inclinó, se puso a danzar y retrocedió de costado; el jinete volvió a alzar levemente el sombrero, y un instante después desapareció con su extraño caballo tras la iglesia.

—¡Maldita sea! —rezongaban algunos oficiales al dirigirse a sus alojamientos—. ¡Con las ganas que uno tiene de dormir y el von Rabbek ese nos viene ahora con su té! ¡Ya sabemos lo que eso significa!

Los oficiales de las seis baterías recordaban muy vivamente un caso del año anterior, cuando durante unas maniobras, un conde terrateniente y militar retirado los invitó del mismo modo a tomar el té, y con ellos a los oficiales de un regimiento de cosacos. El conde, hospitalario y cordial, los colmó de atenciones, les hizo comer y beber, no les dejó regresar a los alojamientos que tenían en el pueblo y les acomodó en su propia casa. Todo eso estaba bien y nada mejor cabía desear, pero lo malo fue que el militar retirado se entusiasmó sobremanera al ver aquella juventud. Y hasta el amanecer les estuvo contando episodios de su hermoso pasado, los condujo por las estancias, les mostró cuadros de valor, viejos grabados y armas raras, les leyó cartas auténticas de encumbrados personajes, mientras los oficiales, rendidos y fatigados, escuchaban y miraban deseosos de verse en sus camas, bostezaban con disimulo acercando la boca a sus mangas. Y cuando, por fin, el dueño de la casa los dejó libres era ya demasiado tarde para irse a dormir.

¿No sería también así ese von Rabbek? Lo fuese o no, nada podían hacer. Los oficiales se cambiaron de ropa, se cepillaron y marcharon en grupo a buscar la casa del terrateniente. En la plaza, cerca de la iglesia, les dijeron que a la casa de los señores podía irse por abajo; bordeando la iglesia se descendía al río, se seguía luego por la orilla hasta el jardín, donde las avenidas conducían hasta el lugar; o bien se podía ir por arriba, siguiendo desde la iglesia directamente el camino que a medio kilómetro del poblado pasaba por los graneros del señor. Los oficiales decidieron ir por arriba.

—¿Quién será ese von Rabbek? —comentaban por el camino—. ¿No será aquel que en Pleven comandaba la división N de caballería?

—No, aquel no era von Rabbek, sino simplemente Rabbek, sin von.

—¡Ah, qué tiempo más estupendo!

Al llegar al primer granero, el camino se bifurcaba: un brazo seguía en línea recta y desaparecía en la oscuridad de la noche; el otro, a la derecha, conducía a la mansión señorial. Los oficiales tomaron a la derecha y se pusieron a hablar en voz más baja. A ambos lados del camino se extendían los graneros con muros de albañilería y techumbre roja, macizos y severos, muy parecidos a los cuarteles de una capital de distrito. Más adelante brillaban las ventanas de la mansión.

—¡Señores, buena señal! —dijo uno de los oficiales—. Nuestro setter va delante de todos; ¡eso significa que olfatea una presa!

El teniente Lobitko, que marchaba a la cabeza del grupo, alto y robusto, pero totalmente lampiño (tenía más de veinticinco años, pero en su cara redonda y bien cebada aún no aparecía el pelo, váyase a saber por qué), famoso en toda la brigada por su olfato y habilidad para adivinar a distancia la presencia femenina, se volvió y dijo:

—Sí, aquí debe de haber mujeres. Lo noto por instinto.

Junto al umbral de la casa recibió a los oficiales von Rabbek en persona, un viejo de venerable aspecto que frisaría en los sesenta años, vestido en traje civil. Al estrechar la mano a los huéspedes, dijo que estaba muy contento y se sentía muy feliz, pero rogaba encarecidamente a los oficiales que, por el amor de Dios, le perdonaran si no les había invitado a pasar la noche en casa. Habían llegado de visita dos hermanas suyas con hijos, hermanos y vecinos, de suerte que no le quedaba ni una sola habitación libre.

El general estrechó la mano a todos, se excusaba y sonreía, pero se le notaba en la cara que no estaba ni mucho menos tan contento por la presencia de los huéspedes como el conde del año anterior, y que sólo había invitado a los oficiales por entender que así lo exigían los buenos modales. Los propios oficiales, al subir por la escalinata alfombrada y escuchar sus palabras, se daban cuenta de que los habían invitado a la casa únicamente porque resultaba violento no hacerlo, y, al ver a los criados apresurarse a encender las luces en la entrada y arriba, en el recibidor, empezó a parecerles que con su presencia habían provocado inquietud y alarma. ¿Podía ser grata la presencia de diecinueve oficiales desconocidos allí donde se habían reunido dos hermanas con sus hijos, hermanos y vecinos, sin duda con motivo de alguna fiesta o algún acontecimiento familiar?

Arriba, junto a la entrada de la sala, los huéspedes fueron recibidos por una vieja alta y erguida, de rostro ovalado y cejas negras, muy parecida a la emperatriz Euguenia. Con sonrisa amable y majestuosa, decía sentirse contenta y feliz de ver en su casa a aquellos huéspedes, y se excusaba de no poder invitar esta vez a los señores oficiales a pasar la noche en la casa. Por su bella y majestuosa sonrisa, que se desvanecía al instante de su rostro cada vez que por alguna razón se volvía hacia otro lado, resultaba evidente que en su vida había visto muchos señores oficiales, que en aquel momento no estaba pendiente de ellos y que, si los había invitado y se disculpaba, era sólo porque así lo exigía su educación y su posición social.

En el gran comedor donde entraron los oficiales, una decena de varones y damas, unos entrados en años y jóvenes otros, estaban tomando el té en el extremo de una larga mesa. Detrás de sus sillas, envuelto en un leve humo de cigarros, se percibía un grupo de hombres. En medio del grupo había un joven delgado, de patillas pelirrojas, que, tartajeando, hablaba en inglés en voz alta. Más allá del grupo se veía, por una puerta, una estancia iluminada, con mobiliario azul.

—¡Señores, son ustedes tantos que no es posible hacer su presentación! —dijo en voz alta el general, esforzándose por parecer muy alegre—. ¡Preséntense ustedes mismos, señores, sin ceremonias!

Los oficiales, unos con el rostro muy serio y hasta severo, otros con sonrisa forzada, y todos sintiéndose en una situación muy embarazosa, saludaron bien que mal, inclinándose, y se sentaron a tomar el té.

Quien más desazonado se sentía era el capitán ayudante Riabóvich, oficial de pequeña estatura y algo encorvado, con gafas y unas patillas como las de un lince. Mientras algunos de sus camaradas ponían cara seria y otros afectaban una sonrisa, su cara, sus patillas de lince y sus gafas parecían decir: "¡Yo soy el oficial más tímido, el más modesto y el más gris de toda la brigada!". En los primeros momentos, al entrar en la sala y luego sentado a la mesa ante su té, no lograba fijar la atención en ningún rostro ni objeto. Las caras, los vestidos, las garrafitas de coñac de cristal tallado, el vapor que salía de los vasos, las molduras del techo, todo se fundía en una sola impresión general, enorme, que alarmaba a Riabóvich y le inspiraba deseos de esconder la cabeza. De modo análogo al declamador que actúa por primera vez en público, veía todo cuanto tenía ante los ojos, pero no llegaba a comprenderlo (los fisiólogos llamaban "ceguera psíquica" a ese estado en que el sujeto ve sin comprender). Pero algo después, adaptado ya al ambiente, empezó a ver claro y se puso a observar. Siendo persona tímida y poco sociable, lo primero que le saltó a la vista fue algo que él nunca había poseído, a saber: la extraordinaria intrepidez de sus nuevos conocidos. Von Rabbek, su mujer, dos damas de edad madura, una señorita con un vestido color lila y el joven de patillas pelirrojas, que resultó ser el hijo menor de von Rabbek, tomaron con gesto muy hábil, como si lo hubieran ensayado de antemano, asiento entre los oficiales, y entablaron una calurosa discusión en la que no podían dejar de participar los huéspedes. La señorita lila se puso a demostrar con ardor que los artilleros estaban mucho mejor que los de caballería y de infantería, mientras que von Rabbek y las damas entradas en años sostenían lo contrario. Empezaron a cruzarse las réplicas. Riabóvich observaba a la señorita de lila, que discutía con gran vehemencia cosas que le eran extrañas y no le interesaban en absoluto, y advertía que en su rostro aparecían y desaparecían sonrisas afectadas.

Von Rabbek y su familia hacían participar con gran arte

a los oficiales en el debate, pero al mismo tiempo estaban pendientes de vasos y bocas, de si todos bebían, si todos tenían azúcar y por qué alguno de los presentes no comía bizcocho o no tomaba coñac. A Riabóvich, cuanto más miraba y escuchaba, tanto más agradable le resultaba aquella familia con falta de sinceridad, pero magníficamente disciplinada.

Después del té, los oficiales pasaron a la sala. El instinto no había engañado al teniente Lobitko: en la sala había muchas señoritas y damas jóvenes. El setter-teniente se había plantado ya junto a una rubia muy jovencita vestida de negro e, inclinándose con arrogancia, como si se apoyara en un sable invisible, sonreía y movía los hombros con gracia. Probablemente contaba alguna tontería muy interesante, porque la rubia miraba con aire condescendiente el rostro bien cebado y le preguntaba con indiferencia: "¿De veras?". Y de aquel indolente "de veras", el setter, de haber sido inteligente, habría podido inferir que difícilmente le gritarían "¡Busca!".

Empezó a sonar un piano; un vals melancólico escapó volando de la sala por las ventanas abiertas de par en par, y todos recordaron, quién sabe por qué motivo, que más allá de las ventanas empezaba la primavera y que aquella era una noche de mayo. Todos notaron que el aire olía a hojas tiernas de álamo, a rosas y a lilas. Riabóvich, a quien, bajo el influjo de la música, empezó a hacerle efecto el coñac que había tomado, miró con el rabillo del ojo la ventana, sonrió y se puso a observar los movimientos de las mujeres, hasta que llegó a parecerle que el aroma de las rosas, de los álamos y de las lilas no procedían del jardín, sino de las caras y de los vestidos femeninos.

El hijo de von Rabbek invitó a una cenceña jovencita y dio con ella dos vueltas a la sala. Lobitko, deslizándose por el parquet, se acercó hacia la señorita de lila y se lanzó con ella a la pista. El baile había comenzado. Riabóvich estaba de pie cerca de la puerta, entre los que no bailaban, y observaba. En toda su vida no había bailado ni una sola vez y ni una sola vez había abrazado la cintura de una mujer honesta. Le gustaba enormemente ver cómo un hombre, a la vista de todos, tomaba a una doncella desconocida por la cintura y le ofrecía el hombro para que ella colocara su mano, pero de ningún modo podía imaginarse a sí mismo en la situación de tal hombre. Hubo un tiempo en que envidiaba la osadía y la rapidez de sus compañeros y sufría por ello; la conciencia de ser tímido, encorvado y deslucido, de tener un tronco largo y patillas de lince, lo hería profundamente, pero con los años se había acostumbrado. Ahora, al contemplar a quienes bailaban o hablaban en voz alta, ya no los envidiaba, experimentaba tan solo un enternecimiento melancólico.

Cuando empezó la contradanza, el joven von Rabbek se acercó a los que no bailaban e invitó a dos oficiales a jugar al billar. Éstos aceptaron y salieron con él de la sala. Riabóvich, sin saber qué hacer y deseoso de tomar parte de algún modo en el movimiento general, los siguió. De la sala pasaron al recibidor y recorrieron un estrecho pasillo con vidrieras, que los llevó a una habitación donde ante su aparición se alzaron rápidamente de los divanes tres soñolientos lacayos. Finalmente, después de cruzar una serie de estancias, el joven von Rabbek y los oficiales entraron en una habitación pequeña donde había una mesa de billar. Empezó el juego.

Riabóvich, que nunca había jugado a nada que no fueran las cartas, contemplaba indiferente junto al billar a los jugadores, mientras que éstos, con las levitas desabrochadas y los tacos en las manos, daban zancadas, soltaban retruécanos y gritaban palabras incomprensibles. Los jugadores no reparaban en él; sólo de vez en cuando alguno de ellos, al empujarlo con el codo o al tocarlo inadvertidamente con el taco, se volvía y le decía "¡*Pardon!*". Aún no había terminado la primera partida cuando ya se sentía aburrido y le empezó a parecer que allí estaba de más, que estorbaba. De nuevo se sintió atraído por volver a la sala y se fue.

Pero en el camino de retorno le sucedió una pequeña aventura. A mitad del recorrido se dio cuenta de que no iba por donde debía. Se acordaba muy bien de que tenía que encontrarse con las tres figuras de lacayos soñolientos, pero había cruzado ya cinco o seis habitaciones, y era como si a aquellas figuras se las hubiera tragado la tierra. Percatándose de su error, retrocedió un poco, dobló a la derecha y se encontró en un despacho sumido en la penumbra, que no había visto cuando se dirigía a la sala de billar. Se detuvo unos momentos, luego abrió resuelto la primera puerta y entró en un cuarto completamente a oscuras. Enfrente se veía la rendija de una puerta por la que se filtraba una luz viva; del otro lado de la puerta, llegaban los apagados sonidos de una melancólica mazurca. También en el cuarto oscuro, como en la sala, las ventanas estaban abiertas de par en par, y se percibía el aroma de álamos, lilas y rosas.

Riabóvich se detuvo pensativo. En aquel momento, de modo inesperado, se oyeron unos pasos rápidos y el leve roce de un vestido, una anhelante voz femenina balbuceó "¡Por fin!", y dos brazos tiernos y perfumados, brazos de mujer sin duda, le envolvieron el cuello; una cálida mejilla se apretó contra la suya y al mismo tiempo sonó un beso. Pero acto seguido la que había dado el beso exhaló un breve grito y Riabóvich tuvo la impresión de que se apartaba bruscamente de él con repugnancia. Él también casi lanzó un grito, y se precipitó hacia la rendija iluminada de la puerta.

Cuando volvió a la sala, el corazón le palpitaba y las manos le temblaban de manera tan notoria que se apresuró a esconderlas tras la espalda. En los primeros momentos lo atormentaban la vergüenza y el temor de que la sala entera supiera que una mujer acababa de abrazarlo y besarlo, se retraía y miraba inquieto a su alrededor, pero, al convencerse de que allí seguían bailando y charlando tan tranquilamente como antes, se entregó por entero a una sensación nueva, que hasta entonces no había experimentado ni una sola vez en la vida. Le estaba sucediendo algo raro. El cuello, unos momentos antes envuelto por unos brazos tiernos y perfumados, le parecía untado de aceite; en la mejilla, a la izquierda del bigote, donde lo había besado la desconocida, le palpitaba una leve y agradable sensación de frescor, como de unas gotas de menta, y lo notaba tanto más cuanto más frotaba ese punto. Todo él, de la cabeza a los pies, estaba colmado de un nuevo sentimiento extraño, que no hacía sino crecer y crecer... Sentía ganas de bailar, de hablar, de correr al jardín, de reír a carcajadas. Se olvidó por completo de que era encorvado y gris, de que tenía patillas de lince y "un aspecto indefinido" (así lo calificaron una vez en una conversación de señoras que él oyó por azar). Cuando pasó a su lado la mujer de von Rabbek, le sonrió con tanta amabilidad y efusión que la dama se detuvo y lo miró interrogadora.

—¡Su casa me gusta enormemente...! —dijo Riabóvich, ajustándose los anteojos.

La mujer del general se sonrió y le contó que aquella casa había pertenecido ya a su padre. Después le preguntó si vivían sus padres, si llevaba en la milicia mucho tiempo, por qué estaba tan delgado y otras cosas por el estilo. Contestadas sus preguntas, siguió ella su camino, pero después de aquella conversación Riabóvich comenzó a sonreír aún con más cordialidad y a pensar que lo rodeaban unas personas magníficas.

Durante la cena, Riabóvich comió maquinalmente todo cuanto le sirvieron. Bebía y, sin oír nada, procuraba explicarse la reciente aventura. Lo que acababa de sucederle tenía un carácter misterioso y romántico, pero no era difícil de descifrar. Sin duda, alguna señorita o dama se había citado con alguien en el cuarto oscuro, había estado esperando largo rato y, debido a sus nervios excitados, había tomado a Riabóvich por su héroe. Esto resultaba más verosímil dado que Riabóvich, al pasar por la habitación oscura, se había detenido caviloso, es decir, tenía el aspecto de una persona que también espera algo. Así se explicaba Riabóvich el beso que había recibido.

"Pero ¿quién será ella? —pensaba, examinando los rostros de las mujeres—. Debe de ser joven, porque las viejas no acuden a las citas. Estaba claro, por otra parte, que era culta, y eso se notaba por el roce del vestido, por el perfume, por la voz...".

Detuvo la mirada en la señorita de lila, que le gustó mucho; tenía hermosos hombros y brazos, rostro inteligente y una voz magnífica. Riabóvich deseó, al contemplarla, que fuese precisamente ella y no otra la desconocida. Pero la joven se echó a reír con aire poco sincero y arrugó su larga nariz, que le pareció la nariz de una vieja. Entonces trasladó la mirada a la rubia vestida de negro. Era más joven, más sencilla y espontánea, tenía unas sienes encantadoras y se llevaba la copa a los labios con mucha gracia. Entonces Riabóvich quiso que fuese ella. Pero poco después le pareció que tenía el rostro plano, y volvió los ojos hacia su vecina.

"Es difícil adivinar —pensaba, dando libre curso a su fantasía—. Si de la del vestido de lila se tomaran solo los hombros y los brazos, se les añadieran las sienes de la rubia y los ojos de aquella que está sentada a la izquierda de Lobitko, entonces...".

Hizo en su mente esa suma y obtuvo la imagen de la joven que lo había besado, la imagen que él deseaba, pero que no lograba descubrir en la mesa.

Terminada la cena, los huéspedes, saciados y embriagados, empezaron a despedirse y a dar las gracias. Los anfitriones volvieron a disculparse por no poder ofrecerles alojamiento en la casa.

—¡Estoy muy contento, muchísimo, señores! —decía el general, y esta vez era sincero (probablemente porque al despedir a los huéspedes la gente suele ser bastante más sincera y benévola que al darles la bienvenida). ¡Estoy muy contento! ¡Quedan invitados para cuando estén de regreso! ¡Sin cumplidos! Pero, ¿por dónde van? ¿Quieren ir a caballo? No, vayan por el jardín, por abajo, el camino es más corto.

Los oficiales se dirigieron al jardín. Después de la brillante luz y del bullicio, el jardín pareció muy oscuro y silencioso. Caminaron sin decir palabra hasta el portón. Estaban algo bebidos, alegres y contentos, pero las tinieblas y el silencio los movieron a reflexionar por unos momentos. Probablemente, a cada uno de ellos, como a Riabóvich, se le ocurrió pensar en lo mismo: ¿llegaría también para ellos alguna vez el día en que, como Rabbek, tendrían una casa grande, una familia, un jardín y la posibilidad, aunque fuera con poca sinceridad, de agasajar a las personas, de saciarlos, embriagarlos y satisfacerlos?

Al atravesar el portón, se pusieron a hablar todos a la vez y a reír estrepitosamente sin causa alguna. Andaban ya por un sendero que descendía hacia el río y corría luego bordeando al agua, rodeando los arbustos de la orilla, los rehoyos y los sauces que colgaban sobre la corriente. La orilla y el sendero apenas se distinguían y la orilla opuesta se hallaba totalmente sumida en las tinieblas. Las estrellas se reflejaban en el agua oscura, tremolaban y se distendían, y sólo por esto se podía adivinar que el río fluía con rapidez. El aire estaba en calma. En la otra orilla gemían becadas soñolientas, y en ésta un ruiseñor, sin prestar atención alguna al tropel de oficiales, desgranaba sus agudos trinos en un arbusto. Los oficiales se detuvieron junto al arbusto, lo sacudieron, pero el ruiseñor siguió cantando.

—¿Qué te parece? —Se oyeron unas exclamaciones de aprobación—. Nosotros aquí a su lado y él sin hacer caso, ¡valiente granuja!

Al final del trayecto, el sendero ascendía y desembocaba cerca de la verja de la iglesia. Allí los oficiales, cansados por la subida, se sentaron y se pusieron a fumar. En la otra orilla apareció una débil lucecita roja y ellos, sin nada que hacer, pasaron un buen rato discutiendo si se trataba de una hoguera, de la luz de una ventana o de alguna otra cosa. También Riabóvich contemplaba aquella luz y le parecía que ésta le sonreía y le hacía guiños, como si estuviera enterada de lo del beso.

Al regresar al cuartel, Riabóvich se apresuró a desnudarse y se acostó. En la misma izba que él se albergaban Lobitko y el teniente Merzliakov, un joven tranquilo y callado, considerado entre sus compañeros como un oficial culto, que leía siempre, cuando podía, el *Véstnik Yevrópy*, que llevaba consigo. Lobitko se desnudó, estuvo un buen rato paseando de un extremo a otro, con el aire de un hombre que no está satisfecho, y mandó al ordenanza a buscar cerveza. Merzliakov se acostó, puso una vela junto a su cabecera y se sumió en la lectura del *Véstnik*.

"¿Quién sería ella?", pensaba Riabóvich mirando el techo ahumado.

El cuello aún le parecía untado de aceite y cerca de la boca notaba una sensación de frescor como la de unas gotas de menta. En su imaginación centelleaban los hombros y brazos de la señorita de lila. Las sienes y los ojos sinceros de la rubia de negro. Talles, vestidos, broches. Se esforzaba por fijar su atención en aquellas imágenes, pero ellas brincaban, se extendían y oscilaban. Cuando en el amplio fondo negro que toda persona ve al cerrar los ojos desaparecían por completo tales imágenes, empezaba a oír pasos presurosos, el roce de un vestido, el sonido de un beso, y una intensa e inmotivada alegría se apoderaba de él. Mientras se entregaba a este gozo, oyó al ordenanza que volvía y comunicaba que no había cerveza. Lobitko se indignó y se puso a dar zancadas otra vez.

—¡Si será idiota! —decía, deteniéndose ya ante Riabóvich ya ante Merzliakov—. ¡Se necesita ser estúpido e imbécil para no encontrar cerveza! Bueno, ¿no dirán que no es un canalla?

—Aquí es imposible encontrar cerveza —dijo Merzliakov, sin apartar los ojos del *Véstnik Yevrópy*.

—¿No? ¿Lo cree usted así? —insistía Lobitko—. Señores, por Dios, ¡arrójenme a la luna y allí les encontraré yo enseguida cerveza y mujeres! Ya verán, ahora mismo voy por ella... ¡Llámenme miserable si no la encuentro!

Tardó bastante en vestirse y en calzarse las altas botas. Después encendió un cigarrillo y salió sin decir nada.

—Rabbek, Grabbek, Labbek —murmuró deteniéndose en el zaguán—. Diablos, no tengo ganas de ir solo. Riabóvich, ¿no quiere darse un paseo?

Al no obtener respuesta, volvió sobre sus pasos, se desnudó lentamente y se acostó. Merzliakov suspiró, dejó a un lado el *Véstnik Yevrópy* y apagó la vela.

—Bueno... —balbuceó Lobitko, encendiendo un cigarrillo en la oscuridad.

Riabóvich metió la cabeza bajo la sábana y acurrucándose empezó a reunir en su imaginación las vacilantes imágenes y a juntarlas en un todo. Pero no logró nada. Pronto se durmió, y su último pensamiento fue que alguien lo acariciaba y lo colmaba de alegría, que en su vida se había producido algo insólito, estúpido, pero extraordinariamente hermoso y agradable. Y ese pensamiento no lo abandonó ni en sueños.

Cuando despertó, la sensación de aceite en el cuello y de frescor de menta cerca de los labios ya había desaparecido, pero la alegría, igual que la víspera, se le agitaba en el pecho como una ola. Miró entusiasmado los marcos de las ventanas, dorados por el sol naciente y prestó oído al movimiento de la calle. Al pie mismo de las ventanas hablaban en voz alta. El jefe de la batería de Riabóvich, Lebedetski, que acababa de alcanzar a la brigada, conversaba con el sargento primero en voz muy alta, como tenía por costumbre.

—¿Y qué más? —gritaba el jefe.

—Ayer, al herrar los caballos, señoría, herraron a Golúbchik. El practicante le aplicó un emplaste de arcilla con vinagre. Ahora lo conducen de la rienda, aparte. Y también ayer, su señoría, el herrador Artémiev se emborrachó y el teniente mandó que lo ataran en el avantrén de una cureña de repuesto.

El sargento primero informó además que Kárpov había olvidado los nuevos cordones de las trompetas y las estacas de las carpas, y que los señores oficiales habían estado de visita la noche anterior en casa del general von Rabbek. En plena conversación, apareció por la ventana la barba roja de Lebedetski. Miró con los ojos miopes semientornados las soñolientas caras de los oficiales y los saludó.

—¿Todo marcha bien? —preguntó.

—El caballo de varas se ha hecho una rozadura en la cerviz —respondió Lobitko bostezando—. Ha sido con la nueva collera.

El comandante suspiró, reflexionó unos momentos y dijo en voz alta:

—Pues yo pienso ir a ver a Aleksandra Yevgráfovna. Tengo que visitarla. Bueno, adiós. Los alcanzaré antes de que anochezca.

Un cuarto de hora después, la brigada se puso en marcha. Cuando pasaba por el camino junto a los graneros de los señores, Riabóvich miró a la derecha, hacia la casa. Las ventanas tenían las persianas bajas. Evidentemente, allí dormía aún todo el mundo. También dormía aquella que la víspera lo había besado. Se la quiso imaginar durmiendo. La ventana de la alcoba abierta de par en par, las ramas verdes mirando por aquella ventana, la frescura matinal, el aroma de álamos, de lilas, y de rosas, la cama, la silla y en ella el vestido que el día anterior rozaba, las zapatillas, el pequeño reloj en la mesita, todo se lo representaba él con claridad y precisión, pero los rasgos de la cara, la linda sonrisa soñolienta, precisamente aquello que era importante y característico, se escurría en la imaginación como el mercurio entre los dedos. Medio kilómetro más adelante, miró hacia atrás: la iglesia amarilla, la casa, el río y el jardín se hallaban inundados de luz; el río, con sus orillas de acentuado verdor, reflejando en sus aguas el cielo azul y mostrando algún que otro lugar plateado por el sol, era hermoso. Riabóvich lanzó una última mirada a Mestechki y experimentó una profunda tristeza, como si se separara de algo muy íntimo y entrañable.

En el camino sólo aparecían ante los ojos paisajes sin ningún interés, conocidos desde hacía mucho tiempo. A derecha y a izquierda, campos de centeno y de alforfón, por los que salían los pájaros. Miras hacia adelante y sólo ves polvo y nucas; miras hacia atrás, y ves el mismo polvo y caras. Delante marchan cuatro hombres armados con sables: forman la vanguardia. Tras ellos va el grupo de cantores, a los que siguen los trompetas, que montan a caballo. La vanguardia y los cantores, como los empleados de las pompas fúnebres que llevan antorchas en los entierros, olvidan a cada momento la distancia que estipula el reglamento y se adelantan demasiado. Riabóvich se encuentra en la primera pieza de la quinta batería. Ve las cuatro baterías que le preceden. A una persona que no sea militar, la fila larga y pesada que forma una brigada en marcha le parece un combinación enigmática, poco comprensible; no entiende por qué alrededor de un solo cañón van tantos hombres, ni por qué lo arrastran tantos caballos guarnecidos con un extraño atelaje como si la pieza fuera realmente terrible y pesada. En cambio, para Riabóvich todo es comprensible y, por ello, carece del menor interés. Sabe hace ya tiempo por qué al frente de cada batería cabalga junto al oficial un vigoroso suboficial, y por qué se llama "delantero"; a la espalda de este suboficial se ve al conductor del primer par de caballos, y luego al del par central; Riabóvich sabe que los caballos de la izquierda, en los que los jinetes montan, se llaman de ensillar, y los de la derecha se llaman de refuerzo. Eso no tiene ningún interés. Detrás del conductor van dos caballos de varas. Uno de ellos lo cabalga un jinete con el polvo de la última jornada en la espalda y con un madero tosco y ridículo sobre la pierna derecha; Riabóvich sabe para qué sirve ese madero y no le parece ridículo. Todos los que montan a caballo agitan maquinalmente los látigos y de vez en cuando gritan. El cañón es feo. En el avantrén van los sacos de avena, cubiertos con una lona impermeabilizada, y del cañón propiamente dicho cuelgan teteras, macutos de soldado y saquitos; todo eso le da un aspecto de pequeño animal inofensivo al que, no se sabe por qué razón, rodean hombres y caballos. A su flanco, por la parte resguardada del viento, marchan balanceando los brazos seis servidores. Detrás de la pieza se encuentran otra vez nuevos artilleros, conductores, caballos de varas, tras los cuales se arrastra un nuevo cañón tan feo y tan poco imponente como el primero. Al segundo siguen el tercero y el cuarto. Junto a este va un oficial, y así sucesivamente. La brigada consta en total de seis baterías y cada batería tiene cuatro cañones. La columna se extiende una media versta. Se cierra con un convoy a cuya vera, bajando su cabeza de largas orejas, marcha cavilosa una figura en sumo grado simpática: el asno Magar, traído de Turquía por uno de los jefes de batería.

Riabóvich miraba indiferente adelante y atrás, a las nucas y a las caras. En otra ocasión se habría adormecido, pero esta vez se sumergía por entero en sus nuevos y agradables pensamientos. Al principio, cuando la brigada acababa de ponerse en marcha, quiso persuadirse de que la historia del beso sólo podía tener el interés de una aventura pequeña y misteriosa, pero que en realidad era insignificante, y que pensar en ella seriamente resultaba por lo menos estúpido. Pero pronto desistió de la lógica y se entregó a sus quimeras... Ora se imaginaba en el salón de von Rabbek, al lado de una joven parecida a la señorita de lila y a la rubia de negro; ora cerraba los ojos y se veía con otra joven totalmente desconocida de rasgos muy imprecisos; mentalmente le hablaba, la acariciaba, se inclinaba sobre su hombro, se representaba la guerra y la separación, después el encuentro, la cena con la mujer y los hijos...

—¡A las varas! —resonaba la voz de mando cada vez que se descendía por una pendiente.

Él también exclamaba "¡A las varas!", temiendo que ese grito interrumpiera sus ensueños y lo devolviera a la realidad.

Al pasar por delante de una hacienda, Riabóvich miró, por encima de la empalizada, al jardín. Alcanzó a ver una alameda larga y recta como una regla, sembrada de arena amarilla y flanqueada de jóvenes abedules... Con la avidez del hombre embebido en sus sueños, se representó unos piececitos de mujer caminando por la arena amarilla, y de manera totalmente inesperada se perfiló en su imaginación, con toda nitidez, aquella que lo había besado y que él había logrado fantasear la noche anterior durante la cena. La imagen se fijó en su cerebro y ya no la abandonó.

Al mediodía, cerca del convoy, resonó un grito:

—¡Alto! ¡Vista a la izquierda! ¡Señores oficiales!

En una carretela tirada por un par de caballos blancos, se acercó el general de la brigada. Se detuvo junto a la segunda batería y gritó algo que nadie comprendió. Varios oficiales, entre ellos Riabóvich, se le acercaron al galope.

—¿Qué tal? ¿Cómo vamos? —preguntó el general, entornando los ojos enrojecidos—. ¿Hay enfermos?

Obtenidas las respuestas, el general, pequeño y entero, reflexionó y dijo, volviéndose hacia uno de los oficiales:

—El conductor del caballo de vara de su tercer cañón se ha quitado la rodillera y el pícaro la ha colgado en el avantrén. Castíguelo.

Alzó los ojos hacia Riabóvich y prosiguió:

—Me parece que usted ha dejado las riendas demasiado largas...

Hizo algunas aburridas observaciones, miró a Lobitko y se sonrió:

—Y usted, teniente Lobitko, tiene un aire muy triste —dijo—. ¿Siente nostalgia por Lopujova? ¡Señores, echa de menos a Lopujova!

Lopujova era una dama gorda y muy alta, que había pasado hacía ya tiempo los cuarenta. El general, que tenía una debilidad por las féminas de grandes proporciones cualquiera que fuese su edad, sospechaba la misma debilidad en sus oficiales. Ellos sonrieron respetuosamente. El general de la brigada, contento por haber dicho algo divertido y venenoso, rió estrepitosamente, tocó la espalda de su cochero y se llevó la mano a la visera. El carruaje reemprendió la marcha.

"Todo eso que ahora sueño y que me parece imposible y celestial, es en realidad muy común" —pensaba Riabóvich mirando las nubes de polvo que corrían tras la carretela del general—. "Es muy corriente y le sucede a todo el mundo... Por ejemplo, este general en su tiempo amó; ahora está casado y tiene hijos. El capitán Vájter también está casado y es querido, aunque tiene una feísima nuca roja y carece de cintura... Salmánov es tosco, demasiado tártaro, pero ha tenido también su idilio terminado en boda... Yo soy como los demás, y antes o después sentiré lo mismo que todos...".

La idea de que era un hombre como tantos y de que también su vida era una de tantas, lo alegró y reconfortó. Ya se la representaba osadamente a ella, y también su propia felicidad, sin poner freno alguno a su imaginación.

Cuando por la tarde la brigada hubo llegado a su destino y los oficiales descansaban en las tiendas, Riabóvich, Merzliakov y Lobitko se sentaron a cenar alrededor de un baúl. Merzliakov comía sin apresurarse, masticaba despacio y leía el *Véstnik Yevrópy* que sostenía sobre las rodillas. Lobitko hablaba sin parar y se servía cerveza. Y Riabóvich, con la cabeza turbia por los sueños de toda la jornada, callaba y bebía. Después del tercer vaso, se embriagó, se debilitó y experimentó un irresistible deseo de compartir su nueva impresión con sus compañeros.

—Me sucedió algo extraño en casa de esos von Rabbek... —empezó a decir, procurando imprimir a su voz un tono de indiferencia burlona—. Había ido, no sé si lo saben, a la sala de billar...

Se puso a contar con todo detalle la historia del beso y al minuto se calló. En aquel minuto lo había contado todo y le sorprendía tremendamente que hubiera necesitado tan poco tiempo para su relato. Le parecía que de aquel beso habría podido hablar hasta la madrugada. Habiéndolo escuchado, Lobitko, que mentía mucho y por esta razón no creía a nadie, lo miró desconfiado y sonrió. Merzliakov enarcó las cejas y tranquilamente, sin apartar la mirada del *Véstnik Yevrópy*, dijo:

—¡Que Dios lo entienda! Arrojarse al cuello de alguien sin antes haber preguntado quién era... Se trataría de una psicópata.

—Sí, debía de ser una psicópata... —asintió Riabóvich.

—Una vez me ocurrió a mí un caso análogo... —dijo Lobitko, poniendo ojos de susto—. Iba el año pasado a Kovno... Tomé un billete de segunda clase... El vagón estaba abarrotado y no había manera de dormir. Di cincuenta kopeikas al revisor... Él agarró mi equipaje y me condujo a un compartimiento... Me acosté y me cubrí con la manta. Estaba oscuro, ¿comprenden? De súbito noté que alguien me ponía la mano en el hombro y respiraba ante mi cara... Abrí los ojos, y figúrense, ¡era una mujer! Los ojos negros, los labios rojos como carne de salmón, las aletas de la nariz latiendo de pasión frenesí, los senos, unos amortiguadores de tren...

—Permítame —lo interrumpió tranquilamente Merzliakov—, lo de los senos se comprende, pero ¿cómo podía usted ver los labios si estaba oscuro?

Lobitko empezó a burlarse de la poca perspicacia de Merzliakov. Esto molestó a Riabóvich, que se apartó del baúl, se acostó y se prometió no volver a hacer nunca confidencias.

Empezó la vida del campamento. Transcurrían los días muy semejantes unos a los otros. Durante todos ellos, Riabóvich se sentía, pensaba y se comportaba como un enamorado. Cada mañana, cuando el ordenanza lo ayudaba a levantarse, al echarse agua fría a la cabeza se acordaba de que había en su vida algo bueno y afectuoso.

Por las tardes, cuando sus compañeros se ponían a hablar de amor y de mujeres, él escuchaba, se les acercaba y adoptaba una expresión como la que suele aflorar en los rostros de los soldados al oír el relato de una batalla en la que ellos mismos han participado. Y las tardes en que los oficiales superiores, algo alegres, con el setter-Lobitko a la cabeza, emprendían alguna correría donjuanesca por el arrabal, Riabóvich, que tomaba parte en tales salidas, solía ponerse triste, se sentía profundamente culpable y mentalmente le pedía a ella perdón... En las horas de ocio o en las noches de insomnio, cuando le venían ganas de rememorar su infancia, a su padre, a su madre y, en general, todo lo que era familiar y entrañable, también se acordaba, infaliblemente, de Mestechki, del extraño caballo, de von Rabbek, de su mujer parecida a la emperatriz Eugenia, de la habitación oscura, de la rendija iluminada de la puerta...

El treinta y uno de agosto regresaba del campamento, pero ya no con su brigada, sino con dos baterías. Durante todo el camino soñó y se impacientó como si volviera a su lugar natal. Deseaba con toda el alma ver de nuevo el caballo extraño, la iglesia, la insincera familia von Rabbek y la habitación oscura. La "voz interior" que con tanta frecuencia engaña a los enamorados le susurraba, quién sabe por qué, que la vería sin falta... Unos interrogantes lo torturaban: ¿cómo se encontraría con ella?, ¿de qué le hablaría?, ¿no habría olvidado ella el beso? En el peor de los casos, pensaba, aunque no se encontraran, para él ya resultaría agradable el mero hecho de pasar por la habitación oscura y recordar...

Hacia la tarde se divisaron en el horizonte la conocida iglesia y los blancos graneros. A Riabóvich empezó a palpitarle el corazón... No escuchaba al oficial que cabalgaba a su lado y le decía alguna cosa, se olvidó de todo contemplando con avidez el río que brillaba en lontananza, el tejado de la casa, el palomar encima del cual revoloteaban las palomas iluminadas por el sol poniente.

Se acercaron a la iglesia y luego, al escuchar al aposentador, esperaba a cada instante que por detrás del templo apareciera el jinete e invitara a los oficiales a tomar el té, pero... el informe de los aposentadores terminó, los oficiales bajaron de sus cabalgaduras y se dispersaron por el pueblo, y el jinete no comparecía.

"Ahora von Rabbek se enterará de nuestra llegada por los mujiks y mandará por nosotros", pensaba Riabóvich al entrar en una izba, sin comprender por qué su compañero encendía una vela ni por qué los ordenanzas se apresuraban a preparar los samovares...

Una penosa inquietud se apoderó de él. Se acostó, después se levantó y miró por la ventana si llegaba el jinete. Pero no había jinete. Volvió a acostarse. Media hora más tarde se levantó y, sin poder dominar su inquietud, salió a la calle y dirigió sus pasos hacia la iglesia. La plaza, cerca de la verja, estaba oscura y desierta. Tres soldados se habían detenido, juntos y callados, al borde del sendero. Al ver a Riabóvich, salieron de su ensimismamiento y lo saludaron. Él se llevó la mano a la visera y empezó a bajar por el conocido sendero.

En la otra orilla, el cielo se había teñido de un color purpúreo: salía la luna. Dos campesinas, charlando en voz alta, andaban por un huerto arrancando hojas de col; tras los huertos se divisaban algunas izbas... Y en la orilla de este lado, todo era igual que en mayo: el sendero, los arbustos, los sauces inclinados sobre el agua. Sólo no se oía al valiente ruiseñor, ni se notaba olor a álamo y a hierba tierna.

Al llegar al jardín, Riabóvich miró por el portón. El jardín estaba oscuro y silencioso... Sólo se distinguían los troncos blancos de los abedules próximos y un pequeño tramo de la avenida, todo lo demás se confundía en una masa negra. Riabóvich escuchó y miraba ávidamente, pero, tras haber permanecido allí alrededor de un cuarto de hora sin oír ni un ruido y sin haber visto una luz, emprendió el regreso...

Se acercó al río. Ante él se destacaban la casillas de baños del general y unas sábanas colgadas en las barandillas del puentecito. Subió al pequeño puente, se detuvo un poco, tocó sin necesidad una de las sábanas, que encontró áspera y fría. Miró hacia abajo, al agua... El río se deslizaba rápido y apenas se le oía rumorear junto a los pilotes de las casillas. La luna roja se reflejaba cerca de la orilla; pequeñas ondas corrían por su reflejo alargándola, despedazándola, como si quisieran llevársela.

"¡Qué estúpido! ¡Qué estúpido! —pensaba Riabóvich contemplando la corriente—. ¡Qué poco inteligente es todo esto!".

Ahora que ya no esperaba nada, la historia del beso, su impaciencia, sus vagas esperanzas y su desencanto se le aparecían con vívida luz. Ya no le parecía extraño que no se hubiera presentado el jinete enviado por el general, ni no ver nunca a aquella que casualmente lo había besado a él en lugar de otro. Al contrario, lo raro sería que la viera.

El agua corría, no se sabía hacia dónde ni para qué. Del mismo modo corría en mayo; el riachuelo, en el mes de mayo, había desembocado en un río caudaloso, y el río en el mar; después se había evaporado, se había convertido en lluvia, y quién sabe si aquella misma agua no era la que en este momento corría otra vez ante los ojos de Riabóvich. ¿Para qué?

Y el mundo entero, la vida toda, le parecieron a Riabóvich una broma incomprensible y sin objeto. Apartando luego la vista del agua y tras haber elevado los ojos al cielo, recordó otra vez cómo el destino en la persona de aquella mujer desconocida lo había acariciado por azar, se acordó de sus ensueños y visiones estivales, y su vida le pareció extraordinariamente aburrida, mísera y gris.

Cuando regresó a su izba, no encontró en ella a ninguno de sus compañeros. El ordenanza le informó que todos se habían ido a casa del general Fontriabkin, quien había enviado a un jinete para invitarlos. Por un instante el pecho de Riabóvich se inflamó de alegría, pero enseguida se apresuró a apagar aquella llama, se acostó y, para obstaculizar su destino, como si deseara humillarlo, no fue a casa del general.

El pabellón número 6

I

En el patio del hospital hay un pequeño pabellón circundado de cardos, hortigas y cáñamo silvestre. Tiene el tejado mohoso, la chimenea semiderrengada, los escalones del porche carcomidos y cubiertos de abrojos; y del revoque no quedan sino huellas. Su fachada principal da al hospital, y la posterior, al campo, del que la separa una valla gris, llena de clavos.

Los clavos en cuestión están colocados punta arriba; y la valla y el propio pabellón presentan ese aspecto tan peculiar, triste y abandonado que sólo se encuentra en Rusia en los edificios de hospitales y cárceles.

Si no temen ustedes que les piquen las ortigas, vengan conmigo por el estrecho sendero que conduce al pabellón, y veremos lo que sucede dentro de éste. Al abrir la primera puerta, pasamos al zaguán. Junto a la pared y cerca de la estufa hay montones de objetos: colchones, viejas batas desgarradas, pantalones, camisas a rayas azules, zapatos viejísimos. Todo ello amontonado, arrugado, revuelto, medio podrido y maloliente.

Tumbado sobre tanto trasto y con la pipa siempre entre

los dientes, está el loquero Nikita, viejo soldado de galones descoloridos, rostro severo y alcohólico, grandes cejas arqueadas, que le dan aspecto de mastín estepario, y nariz roja. Es de baja estatura, enjuto y huesudo; pero tiene un porte impresionante y unos puños grandísimos. Pertenece a esa categoría de gente adusta, cumplidora y obtusa que prefiere el orden sobre todas las cosas y que, por ello, cree en las virtudes del palo. Él pega en la cara, en el pecho, en la espalda, en donde se tercia; y está convencido de que sin esto no habría orden aquí.

Después entrarán ustedes en una habitación espaciosa, que ocupa el pabellón entero, menos el zaguán. Las paredes están embadurnadas con pintura de color azul borroso. El techo, ahumado como el de un fogón, denota que en el invierno se enciende la estufa, despidiendo un humo sofocante. Por su parte interior, las ventanas están provistas de rejas de hierro. El piso es gris y astilloso. Huele a col agria, a tufo de candil, a chinches y amoníaco; y esta pestilencia, en el momento de entrar, produce la impresión de que se entra en una casa de fieras.

Hay en la habitación camas atornilladas al suelo. Sentados o tendidos sobre ellas, se nos presentan hombres con batas azules y gorros de dormir a la antigua usanza. Son locos.

Cinco locos. Sólo uno es de ascendencia noble; los demás proceden de la pequeña burguesía. El primero conforme se entra, un *meschanin*[4] alto, delgado, de bigote rojo y brillante y ojos llorosos, está sentado con la cabeza apoyada en la mano y la mirada fija en un punto. Se pasa el día y la noche con el semblante triste, moviendo la cabeza, suspirando y sonriendo amargamente. Rara vez interviene en las conversaciones; y no suele responder a las preguntas. Come y bebe maquinalmente, cuando se lo dan.

A juzgar por su tos convulsiva y torturante, por su del-

---

4 Pequeño burgués.

gadez y por la ligera coloración de su rostro, está en la primera fase de la tuberculosis.

El siguiente es un viejecillo pequeño, ágil y vivaz, de aguda pera y pelo azabachado y rizoso, como el de un negro. Durante el día se pasea de ventana en ventana o se sienta en su cama a la manera turca; y silba sin cesar, como un jilguero, o canta y ríe quedamente. Su alegría infantil y su viveza de carácter se manifiestan también de noche, cuando se levanta para rezar, es decir, para darse golpes de pecho y hurgar en las cerraduras. Es el judío Moiseika, un tontuelo que perdió el juicio hace veinte años, al quemársele un taller de sombrerería.

De todos los habitantes del pabellón número seis, es Moiseika el único al que se permite salir del pabellón e incluso del patio a la calle. Disfruta de este privilegio desde hace tiempo, acaso por su veteranía en el hospital y por ser un tonto tranquilo e inocente, un payaso de la ciudad, acostumbrada ya a verle en las calles rodeado de chiquillos y de perros. Con su raído batín, su ridículo gorro, sus zapatillas, y a veces descalzo y hasta sin pantalón, recorre las calles deteniéndose ante las tiendas y pidiendo una limosna.

Aquí le dan *kvas*, allí pan, más allá una *kopeka*. De tal modo, suele regresar al pabellón, harto y rico. Pero todo lo que trae se lo arrebata Nikita y se queda con ello. Lo registra brutalmente, con celo y enojo, dándoles la vuelta a los bolsillos y poniendo a Dios por testigo de que jamás volverá a dejar salir al judío y de que el desorden es lo peor del mundo para él.

Moiseika es servicial; lleva agua a sus compañeros, los tapa cuando están dormidos, promete a todos traerles una *kopeka* de la calle y hacerles un gorro; y da de comer a su vecino de la izquierda, un paralítico. Y no obra así por compasión o por consideraciones humanitarias, sino imitando y obedeciendo involuntariamente a su vecino de la derecha, apellidado Grómov.

Iván Dimítrich Grómov, hombre de unos treinta y tres años, de familia noble, antiguo empleado de la Audiencia y secretario provincial, sufre manía persecutoria. Suele estar enroscado en la cama; o recorre el pabellón de un rincón a otro, con el solo objeto de moverse; y rara vez se sienta. Siempre parece excitado, nervioso, como esperando no se sabe qué. Al menor ruido en el zaguán o al menor grito en el patio levanta la cabeza y aguza el oído, temeroso de que vengan por él. Y en su cara refleja intranquilidad y miedo extremos.

Me gusta su rostro ancho, pomuloso, siempre pálido y demacrado, espejo de un alma atormentada por la lucha interna y por el miedo permanente. Sus muecas son enfermizas y extrañas; pero los delicados rasgos que han dejado impresos en su semblante unos sufrimientos profundos y sinceros, son discretos e inteligentes; y sus ojos tienen un brillo cálido y sano. Me agrada esta persona cortés, servicial y delicada con todos, menos con Nikita. Si a alguien se le cae un botón o una cuchara, Grómov salta rápidamente de la cama para recoger el objeto caído. Todas las mañanas da los buenos días a sus compañeros; y al acostarse, les desea que pasen buena noche.

Aparte del nerviosismo y las muecas, hay otra expresión de su locura; algunas noches se envuelve en su batín; y, tiritando con todo el cuerpo y castañeteando los dientes, se pone a andar, presuroso, de un rincón a otro y entre las camas. Diríase que es presa de una fiebre voraz. Por su manera de detenerse repentinamente y de mirar a los compañeros, se le nota el deseo de decir algo importante; pero, tal vez creyendo que no van a escucharle o a comprenderle, agita la cabeza y sigue andando. Sin embargo, el ansia de hablar se impone pronto a las demás consideraciones; y Grómov, dando rienda suelta a la lengua, habla con cálido apasionamiento. Su discurso es desordenado, febril, semejante al delirio, entrecortado y no siempre comprensible; pero en sus palabras y en su voz se percibe un matiz extraordinariamente bondadoso. Cuando habla, se nota en él el loco y el hombre. Es difícil trasplantar al papel sus demenciales discursos. Habla de la vileza humana, de la violencia que pisotea a la razón, de lo hermosa que será la vida en la tierra con el tiempo, de los barrotes, que a cada instante le recuerdan la cerrazón y la crueldad de los esbirros. Un caótico y desordenado popurrí de tópicos que, aunque viejos, no han caducado todavía.

II

Hace doce o quince años, en una casa de su propiedad, situada en la calle principal de una ciudad de Rusia, vivía con su familia el funcionario Grómov, persona seria y acomodada. Tenía dos hijos: Serguei e Iván. El primero, siendo ya estudiante de cuarto curso, enfermó de tisis galopante y murió muy pronto. Su muerte marcó el comienzo de una serie de desgracias que cayeron súbitamente sobre la familia. A la semana de enterrado Serguei, el padre fue procesado por fraude y malversación, falleciendo poco después en la enfermería de la cárcel, donde contrajo el tifus. La casa y todos los bienes fueron vendidos en almoneda, quedando Iván y su madre privados de recursos.

En vida de su padre, Iván vivía en Petersburgo, estudiando en la universidad; recibía de casa 60 o 70 rublos mensuales, e ignoraba lo que pudiera ser la necesidad; luego, en cambio, hubo de modificar radicalmente su vida: de la mañana a la noche tenía que dedicarse a dar clases —muy mal pagadas— o a hacer de copista, pasando hambre a pesar de todo, pues enviaba la casi totalidad de las ganancias a su madre. Iván Dimítrich no resistió; desanimado, se quedó como un pajarito y, abandonando los estudios, se marchó a su casa. De regreso en su ciudad natal, y valiéndose de recomendaciones, obtuvo una plaza de maestro en una escuela; pero como no congenió con sus colegas, ni tampoco gustó a los alumnos, pronto renunció a su puesto. Murió la madre, Iván Dimítrich anduvo cosa de medio año cesante, alimentándose tan sólo de pan y agua; y luego encontró un empleo en la Audiencia que ocupó hasta que fue licenciado por enfermedad.

Nunca, ni aun en sus jóvenes años estudiantiles, dio sensación de salud. Siempre fue pálido, flaco, enfermizo; comía poco y dormía mal. Una copa de vino bastaba para darle mareos y enervarle hasta el histerismo.

Aunque buscaba la compañía de la gente, su carácter colérico y sugestionable le impedía intimar con quienquiera que fuese y tener amigos.

Hablaba con desprecio de sus conciudadanos, diciendo que su grosera ignorancia y su existencia soñolienta y animal le parecían repulsivas. Se expresaba con voz de tenor, fuerte, apasionadamente, tan pronto indignándose airado como admirándose jubiloso; pero siempre con sinceridad.

Fuese cual fuere la materia de que se hablara con él, todo lo resumía en una conclusión: la vida en aquella ciudad ahogaba y aburría; la sociedad carecía de intereses vitales y arrastraba una existencia oscura y absurda, amenizándola con la violencia, la perversión más burda y la hipocresía; los granujas estaban hartos y vestidos, mientras que los honestos se alimentaban de migajas; hacían falta escuelas, un periódico local honrado, un teatro, conferencias públicas, cohesión de las fuerzas intelectuales; urgía que la sociedad se reconociera a sí misma y se horrorizara. En su apreciación de las personas, no utilizaba sino tintas cargadas, pero sólo blancas y negras, sin matices de otro género. Para él, la humanidad se dividía en honrados y canallas; no había cualidades intermedias. De las mujeres y del amor hablaba siempre con apasionado entusiasmo, aunque nunca estuvo enamorado.

Pese a la rigidez de sus juicios y a su nerviosismo, en la ciudad le querían; y a espaldas suyas le llamaban con el diminutivo de Vania. Su delicadeza innata, su naturaleza servicial, su honradez, su pureza moral y su levita usada, su aspecto enfermizo y los infortunios de su familia, engendraban un sentimiento bueno, cálido y triste. Como, por otra parte, era instruido y leído, la gente lo creía enterado de todo; y por eso hacía las veces de un manual viviente de consulta.

Leía muchísimo. Sentado en el club, tocándose, nervioso, la barba, hojeaba revistas y libros. Y por la cara se le notaba que no leía, sino que engullía lo que pasaba ante sus ojos, sin darse tiempo a masticarlo.

Cabe suponer que la lectura era una de sus costumbres enfermizas, pues se lanzaba con la misma ansiedad sobre todo lo que se le ponía a mano, aunque fuesen periódicos o calendarios del año anterior. Cuando estaba en su casa, siempre leía acostado.

III

Una mañana de otoño, Iván Dimítrich, subido el cuello del abrigo y chapoteando con los pies en el barro, iba por callejuelas y patios a casa de un individuo al que debía cobrarle cierta contribución. Llevaba, como todas las mañanas, un humor lúgubre. En una calleja se encontró a dos detenidos que, arrastrando cadenas, marchaban escoltados por una patrulla de cuatro soldados con fusiles. En más de una ocasión, Iván Dimítrich había visto detenidos, los cuales suscitaban siempre en su alma un sentimiento de piedad y de desazón. Ahora, en cambio, el encuentro le produjo una impresión muy particular y extraña. Por no se sabe qué razón, pensó que también a él podían encadenarlo y conducirlo por el barro a la cárcel.

Cumplido el servicio, y camino ya de su casa, halló cerca de la oficina de correos a un inspector de policía que le saludó y le acompañó unos pasos, circunstancia que se le antojó sospechosa. Una vez en su domicilio, se pasó el día sin que se le fueran de la imaginación los presos y los soldados con fusiles.

Una incomprensible inquietud espiritual le impedía concentrarse y leer.

Aquella tarde no encendió la luz; ni durmió por la noche, siempre atosigado por la idea de que podían detenerlo, encadenarlo y meterlo en prisión. Se sabía inocente de toda culpa y podía garantizar que jamás mataría, robaría o quemaría nada; pero, ¿acaso era tan difícil delinquir casual e involuntariamente o estaba fuera de lo posible una falsa denuncia o un error judicial? No en vano, un adagio popular, basado en una experiencia de siglos, decía que nadie podía asegurar que no iría a la cárcel o mendigaría. Con el sistema judicial imperante era muy posible un error de los tribunales. Las personas que, en razón de su cargo, ven a diario sufrimientos ajenos, terminan por insensibilizarse hasta tal extremo, que aun queriendo, no pueden tratar a sus clientes sino de una manera formalista. En este sentido no se diferencian en nada del mujik que en un corral mata borregos y becerros sin reparar en la sangre. Bajo el imperio de esta actitud formalista, de este trato insensible, el juez no necesitaba más que tiempo para privar a un inocente de sus derechos y de su hacienda y para mandarlo a trabajos forzados. Sólo necesitaba tiempo para observar unas formalidades por las que le pagaban un sueldo; y luego, adiós: ¡cualquiera iba a buscar justicia y protección en aquel villorrio sucio, a más de 200 kilómetros del ferrocarril!

Por otra parte, ¿no era ridículo pensar en la justicia cuando toda violencia era acogida por la sociedad como una necesidad razonable y conveniente, mientras que todo acto de misericordia, por ejemplo, una sentencia absolutoria, suscitaba un estallido de desaprobación y de sentimientos vengativos?

A la mañana siguiente, Iván Dimítrich se levantó horrorizado, con la frente cubierta de un sudor frío, seguro ya de que podían arrestarle en cualquier momento. Si los azarosos pensamientos de la víspera no le abandonaban, era porque algo tenían de ciertos —pensaba él—, pues no se le iban a venir a la cabeza sin ningún fundamento.

Un guardia municipal pasó muy despacio por delante de la ventana.

Por algo sería. Dos desconocidos se detuvieron frente a la casa y permanecieron callados. ¿Por qué callaban?

Iván Dimítrich atravesó días y noches horribles. Todos los que pasaban junto a la ventana o entraban en el patio se le antojaban espías y policías. A eso de las doce pasaba en un carruaje el capitán de policía, que iba desde su hacienda campestre al cuartelillo; pero a Iván Dimítrich le parecía que iba demasiado aprisa y con una expresión enigmática; de fijo que iba a anunciar que en la ciudad había un criminal muy importante.

Nuestro hombre temblaba cuando sonaba el timbre o llamaban a la puerta; se acongojaba al ver en la casa a una persona nueva; y al tropezarse con policías o guardias sonreía o se ponía a silbar para parecer indiferente. No dormía noches enteras esperando que viniesen a detenerle, pero roncaba y jadeaba como en sueños para que la dueña de la casa creyese que dormía, pues de saberse que estaba en vela, ¡qué prueba contra él! Demostraría que no tenía la conciencia tranquila. Los hechos y la lógica le convencían de que tales temores eran pura alucinación psicopatológica y de que, bien vistas las cosas, nada tenían de horrible la detención o la cárcel si la conciencia estaba tranquila. Pero cuanto más razonaba discreta y lógicamente, tanto mayor y más torturante era la desazón espiritual. Aquello hacía recordar la historia del hombre que deseaba hacer un claro en la selva virgen para vivir y cuanto más trabajaba con el hacha, tanto más crecía el bosque. Por último, Iván Dimítrich, viendo la inutilidad de los razonamientos, los abandonó totalmente, entregándose por entero a la desesperación y al miedo.

Comenzó a eludir la compañía de sus semejantes. La oficina, que antes le desagradaba ya, se le hizo ahora insoportable. Temía que le tendiesen una trampa; que le pusieran dinero en el bolsillo y después le acusasen de haber tomado una propina; cometer casualmente en documentos oficiales un error equivalente a una falsificación, o perder dineros ajenos. Cosa extraña: nunca había sido su pensamiento tan ágil ni su inventiva tan grande como ahora, en que imaginaba a diario mil motivos distintos para temer seriamente por su libertad y su honor. En cambio, disminuyó mucho su interés por el mundo exterior, en particular por los libros; y la memoria comenzó a fallarle.

En primavera, al derretirse la nieve, hallaron en un barranco cercano al cementerio dos cadáveres semiputrefactos, de una vieja y de un niño, con síntomas de muerte violenta. No se hablaba en la ciudad de otra cosa que del asesinato y de los asesinos desconocidos. Iván Dimítrich, para que nadie pensase que había sido él, andaba por las calles sonriendo; y al encontrarse con algún conocido, palidecía, enrojecía y comenzaba a afirmar que no había crimen más bajo que el asesinato de gente débil e indefensa. Mas esto acabó por cansarle; y, al cabo de mucho reflexionar, creyó que, en su situación, lo mejor era esconderse en la cueva de la casa.

Permaneció allí un día y una noche. Al segundo día se le hizo irresistible el frío y, esperando a que oscureciera, volvió a su cuarto ocultándose como un ladrón. Estuvo de pie en medio de la habitación hasta el amanecer, atento el oído y sin hacer el menor movimiento. Muy temprano, antes de que saliera el sol, vinieron unos fumistas llamados por la dueña.

Iván Dimítrich sabía perfectamente que habían venido para rehacer el horno de la cocina; pero el miedo le sugirió que eran policías disfrazados de fumistas. Saliendo secretamente, huyó a la calle horrorizado, sin gorro ni levita. Los perros le perseguían; un mujik gritaba detrás; el viento le ululaba en los oídos; y el pobre Iván Dimítrich creía que las violencias de todo el mundo se habían unido con ánimo de darle alcance.

Por fin, le detuvieron, le llevaron a su casa y mandaron a la dueña en busca del doctor. El doctor, Andrei Efímich, de quien hablaremos a su debido tiempo, le recetó compresas frías en la cabeza y unas gotas de laurel y cerezas, movió tristemente la cabeza y se despidió diciendo a la dueña que no regresaría, pues no se debe impedir que la gente se vuelva loca. Por carecer de medios para vivir y tratarse, Iván Dimítrich fue enviado al hospital donde le acomodaron en el pabellón de venéreos. Como no dormía de noche, discutía con el personal y molestaba a los enfermos, Andrei Efímich dispuso que le trasladaran al pabellón número seis.

Al cabo de un año, todo el mundo se olvidó de Iván Dimítrich; y sus libros, arrumbados por la dueña en un trineo, bajo un cobertizo, no tardaron en ser pasto de los chiquillos.

IV

Según dijimos, el vecino de la izquierda de Iván Dimítrich es el judío Moiseika; y el de la derecha es un *mujik* adiposo, casi redondo, de cara grosera y estúpida; un animal inmóvil, tragón y sucio, que ha perdido hace tiempo hasta la facultad de pensar y sentir. Exhala siempre un hedor ácido y asfixiante.

Nikita, encargado de la limpieza, le pega horriblemente, volteando el brazo y sin piedad para sus propios puños. Y lo terrible no es que le pegue, pues uno puede acostumbrarse a verlo, sino que el insensible animal no conteste siquiera con un sonido, con un ademán, con una expresión de los ojos; se limita a un ligero movimiento de su cuerpo, semejante a un barril.

El quinto y último habitante del pabellón número seis es un *meschanín* que prestó servicio en correos como seleccionador de cartas; un sujeto rubio y enjuto, de rostro bondadoso aunque un tanto maligno. A juzgar por sus ojos inteligentes y tranquilos, de mirada serena y jovial, le gusta darse tono y tiene un secreto muy importante y agradable. Guarda bajo la almohada y el colchón algo que no enseña a nadie; pero no lo hace por miedo a que se lo roben, sino por decoro. A veces se acerca a la ventana, y de espaldas a sus compañeros, se pone algo en el pecho y lo mira agachando la cabeza. Si uno se llega en ese momento hasta él, se azora y se arranca del pecho el objeto en cuestión. Pero no es nada difícil adivinar su secreto.

—Felicíteme —suele dirigirse a Iván Dimítrich—. He sido propuesto para la Orden de San Estanislao de segunda clase, con estrella. La segunda clase con estrella se otorga solamente a extranjeros; pero conmigo quieren hacer esta excepción —sonríe y se encoge de hombros como con perplejidad—. Le confieso que no lo esperaba...

—No entiendo una palabra de esas cosas —replica, sombrío, Iván Dimítrich.

—Pero, ¿sabe usted lo que conseguiré tarde o temprano? —continúa el exempleado de correos entornando picarescamente los ojos—. Obtendré, sin falta, la Estrella Polar sueca. Una condecoración que vale la pena de gestionarla. Cruz blanca y cinta negra. Resulta muy bonita.

Acaso en ningún sitio será la vida tan monótona como en el pabellón.

Por la mañana, los enfermos, a excepción del paralítico y del mujik gordo, salen al zaguán, se lavan en una tina y se secan con los faldones de las batas. Después toman en jarros de lata el té que les trae Nikita del pabellón principal. A cada uno le corresponde un jarro. Al medio día comen sopa de col agria y gachas. Y por la noche cenan gachas de las que les quedaron al mediodía. Entre comida y comida están tendidos, durmiendo, mirando por la ventana o andando de un rincón a otro. Así todos los días. Para que la monotonía sea mayor, el antiguo empleado de correos habla siempre de las mismas condecoraciones.

Los habitantes del pabellón número seis ven a muy poca

gente. El doctor no admite ya más alienados; y hay en este mundo muy pocos aficionados a visitar manicomios. Una vez cada dos meses viene Semión Lazarich, el barbero. No hablaremos de cómo trata a los locos, de cómo le ayuda Nikita en su labor y de cómo se alborotan los pacientes al ver aparecer al barbero, borracho y sonriente.

Nadie más visita el pabellón. Los locos están condenados a ver tan sólo a Nikita.

Sin embargo, últimamente ha corrido por el pabellón principal un rumor harto extraño.

¡Han puesto en circulación el rumor de que el médico ha comenzado a visitar el pabellón número seis!

V

¡Extraño rumor!

El doctor Andrei Efímich Raguin es un hombre notable en su género.

Se dice que allá en su juventud era muy devoto, se preparaba para la carrera eclesiástica; y en 1863, al terminar el bachillerato, tuvo intención de ingresar en la Academia de Teología; pero su padre, doctor en medicina y cirujano, lo tomó a risa y declaró, categóricamente, que dejaría de considerarle hijo suyo si se metía a sacerdote. Ignoro hasta qué punto será verdad todo esto; pero el propio Andrei Efímich reconoció más de una vez que jamás tuvo ninguna vocación por la medicina o por las ciencias especiales en general.

Fuese como fuese, lo cierto es que terminó sus estudios de medicina y que no se hizo sacerdote. No se mostraba muy beato, y al principio de su carrera como médico se parecía a un sacerdote tan poco o menos que ahora.

Tiene un aspecto pesado, torpe, de *mujik*. Por su cara, su barba, su pelo liso y su cuerpo fornido y basto, recuerda a un ventero de carretera, harto, inmoderado y brusco. Su cara es rígida, surcada de venillas azules; sus ojos, pequeños; y su nariz roja. Alto de estatura y ancho de hombros, tiene unos brazos y unas piernas enormes.

Diríase que al que agarra con su puño le sacaría el alma del cuerpo. Pero su pisada es suave y sus andares pausados, cautos. Al encontrarse con alguien en un pasillo estrecho, siempre es el primero en detenerse para dejar paso, y se excusa con blanda voz de tenor, y no de bajo, como uno espera. Una pequeña hinchazón le impide usar cuello almidonado, razón por la cual lleva camisa de percal o de lienzo suave. Su indumentaria no es la de un médico. El mismo traje le dura alrededor de diez años; y la ropa nueva, que compra en la tienda de algún judío, parece tan vieja y arrugada como la anterior. Vestido con la misma levita recibe a los enfermos, almuerza y va de visita. Pero no lo hace por tacañería, sino por descuido hacia su persona.

Cuando Andrei Efímich llegó a la ciudad para tomar posesión de su cargo, el "establecimiento filantrópico" se hallaba en condiciones horribles.

El hedor en los pabellones, en los pasillos y hasta en el patio, hacía difícil la respiración. Los guardas, las enfermeras y sus hijos, dormían en los mismos pabellones que los enfermos. Todos se quejaban de que las cucarachas, las chinches y los ratones les hacían la vida imposible. En la sección de cirugía, la erisipela era cosa permanente. Para todo el hospital había únicamente dos escalpelos y ningún termómetro.

El cuarto de baño servía de almacén de patatas. El inspector, la encargada de la ropa y el practicante robaban a los enfermos; y se murmuraba que el antiguo médico, el predecesor de Andrei Efímich, vendía secretamente el alcohol del hospital y había formado un auténtico harén de enfermeras y enfermas. En la ciudad se conocían estas anormalidades e incluso se las exageraba; pero la actitud de todos era de tolerancia. Unos las justificaban afirmando que en el hospital ingresaban sólo gente baja y *mujiks*, los cuales no podían estar insatisfechos, ya que en sus casas vivían mucho peor. ¡No los iban a alimentar con faisanes! Otros buscaban el argumento de que a una ciudad, sin la ayuda de la Diputación provincial, le era imposible costear un buen hospital; y por consiguiente, había que dar gracias a Dios por tener uno, aunque fuera malo. Y la Diputación no abría ningún establecimiento sanitario en la ciudad ni en sus inmediaciones, alegando que ya había un hospital.

Después de inspeccionarlo, Andrei Efímich dedujo que aquel establecimiento era inmoral y nocivo en alto grado para la salud del vecindario. A su entender, lo más inteligente hubiera sido dar libertad a los enfermos y cerrar el hospital. Mas consideró que para ello no bastaba con su voluntad y que, por otra parte, sería inútil, pues al desterrar de un lugar la inmundicia física y moral, ésta se trasladaría a otro. En consecuencia, procedía esperar a que ella, por sí sola, se liquidase. Además, el hecho mismo de que la gente hubiera abierto un hospital y lo tolerase, significaba que le era necesario; los prejuicios y tantas otras porquerías e inmundicias de la vida diaria, eran precisos, porque con el correr del tiempo, se convertían en algo útil, como el estiércol o la tierra negra. No hay en el mundo cosa buena que no provenga de una inmundicia, pensaba él.

Al tomar posesión del cargo, Andrei Efímich pareció ser indiferente a las anomalías del hospital. Limitóse a ordenar a los guardas y a las enfermeras que no pernoctasen en los pabellones; y a colocar dos armarios con instrumental. El inspector, la encargada de la ropa, el practicante y la erisipela de la sección quirúrgica permanecieron en sus puestos.

Andrei Efímich ama extraordinariamente la inteligencia y la honradez, pero para organizar a su alrededor una vida inteligente y honrada le faltan carácter y confianza en sí mismo. No sabe ordenar, prohibir e insistir. Diríase que ha hecho voto de no levantar nunca la voz ni emplear el modo imperativo. Se le hace difícil decir "dame" o "tráeme". Cuando tiene gana de comer, deja oír una tosecilla de indecisión y dice a la cocinera: "Estaría bien tomar un poco de té" o "Me gustaría almorzar". En cambio, se siente sin fuerzas para decir al inspector que deje de robar, o para despedirlo, o para abolir ese cargo, inútil y parasitario. Cuando lo engañan, o lo adulan, o le traen a la firma una cuenta, falsa a todas luces, Andrei Efímich se pone más colorado que un cangrejo y se siente culpable; pero firma la cuenta. Y si los enfermos se quejan de que pasan hambre o de malos tratos por parte de las enfermeras, él se desconcierta y masculla con aire de culpabilidad:

—Está bien, está bien, ya me informaré... De seguro que se trata de una mala interpretación.

En los primeros tiempos, Andrei Efímich trabajó con enorme celo.

Recibía enfermos desde la mañana hasta la hora del almuerzo; practicaba operaciones y hasta asistía a parturientas. Las señoras decían que adivinaba admirablemente las enfermedades, sobre todo las de mujeres y niños. Pero poco a poco, se fue aburriendo de todo aquello, con su monotonía y su evidente inutilidad. Hoy recibía treinta enfermos, y al día siguiente se le presentaban treinta y cinco, a los dos días, cuarenta; y así, sucesivamente, día tras día y año tras año, sin que en la población descendiese la mortalidad. No había modo humano de atender seriamente a cuarenta enfermos en el curso de una mañana; por consiguiente, aquello era un engaño. Si en un año había recibido a doce mil enfermos, quería decirse, hablando lisa y llanamente, que había engañado a doce mil personas.

Tampoco era posible internar a los pacientes graves y tratarlos según las reglas de la ciencia, porque había reglas y no ciencias; y si, dejando a un lado la filosofía, se atenía a las reglas de un modo formalista, como los demás médicos, para ello necesitaba, en primer término, limpieza y ventilación, en lugar de suciedad: alimentación sana y no *schi* de apestosa col agria; y buenos auxiliares, en vez de ladrones.

Por otra parte, ¿para qué impedir que la gente muriese si la muerte es el fin normal y legítimo de todos y cada uno? ¿Qué se ganaría con que un mercachifle o un chupatintas viviese cinco o diez años más? Considerando que el objeto de la medicina consistía en aliviar los sufrimientos, surgía la pregunta: ¿Y para qué aliviarlos? En primer lugar, se decía que los sufrimientos llevaban al hombre a la perfección; y en segundo, si la humanidad aprendiese a mitigar sus males con píldoras y gotas abandonaría totalmente la religión y la filosofía, en las que hasta entonces encontraba, no sólo un escudo contra las calamidades, sino incluso la felicidad. Pushkin padeció horribles tormentos antes de morir; y el pobre Heine estuvo paralítico varios años. ¿Qué razón había, pues, para que no aguantasen enfermedades un Andrei Efímich o una Matriona Savishna, cuyas vidas carecían de contenido y resultarían completamente hueras y semejantes a la de la ameba, a no ser por los sufrimientos?

Abrumado por tales reflexiones, Andrei Efímich se desalentó y dejó de ir al hospital diariamente.

VI

Su existencia transcurre del siguiente modo: se levanta alrededor de las ocho, se viste y se desayuna. Luego se sienta a leer en su gabinete o se marcha al hospital. Allí encuentra, en el pasillo, a numerosos enfermos que esperan para la visita. Por su lado pasan, golpeando el suelo de ladrillo con sus botas, guardas y enfermeras. Deambulan escuálidos enfermos cubiertos con batas. Llevan y traen cadáveres y recipientes de basura. Lloran niños.

Sopla viento en corriente. Andrei Efímich sabe que este ambiente es horrible para los enfermos con fiebre, los tuberculosos y los impresionables; pero ¿qué se le va a hacer? En el gabinete de visita le espera el practicante

Serguei Sergueich, rechoncho, rasurado, de cara redonda, de ademanes suaves y finos, con traje nuevo y holgado.

Antes parece un senador que un practicante. Tiene en la

ciudad una enorme clientela, usa corbata blanca y se cree más competente que el doctor, el cual carece de clientes. En un rincón del gabinete, dentro de un fanal, hay una imagen iluminada por una gran lámpara; junto a ella, un reclinatorio con funda blanca; pendientes de las paredes, retratos de obispos, una vista del monasterio de Sviatogorsk y coronas de florecillas de aciano, ya secas. Serguei Sergueich es muy religioso y amante de la beatitud. La imagen la ha costeado él. Los domingos, cualquier enfermo a quien él se lo ordene, lee en el gabinete una oración; y acto seguido el propio Serguei Sergueich recorre los pabellones con el incensario, sahumándolas una por una.

Como los enfermos son muchos y el tiempo escaso, Andrei Efímich se limita a hacerles unas preguntas y a recetarles cualquier ungüento o aceite de castor. El médico, sentado y con la mejilla apoyada en la mano, como pensativo, pregunta maquinalmente. Serguei Sergueich, también sentado, se frota las manos; y, de tarde en tarde, pronuncia unas palabras.

—Padecemos enfermedades y miserias porque no rezamos como es debido a Dios misericordioso —dice.

En las horas de visita, Andrei Efímich no practica ninguna operación: hace tiempo que se ha desacostumbrado; y la sangre le produce una desazón desagradable. Cuando tiene que abrirle a un niño la boca para verle la garganta y el niño llora y se defiende con las manos, el ruido da vértigo al doctor, y las lágrimas asoman a sus ojos. En tales casos, se apresura a escribir la receta y apremia a la madre para que se lleve pronto a la criatura.

Durante la recepción, le fastidian la timidez y la torpeza de los pacientes, la proximidad del santurrón Serguei Sergueich, los retratos de la pared y hasta sus propias preguntas, que son las mismas desde hace veinte años largos. Y se marcha, después de recibir a cinco o seis enfermos, dejándole los demás al practicante.

Alegre y satisfecho de pensar que, gracias a Dios, no tiene clientes particulares y nadie va a molestarle, Andrei Efímich llega a su casa, toma asiento en el gabinete y se pone a leer. Lee mucho, y siempre con sumo placer. Gasta la mitad del sueldo en literatura: y tres de las seis habitaciones del piso están llenas de revistas y de libros viejos. Prefiere las obras de historia y de filosofía. En cambio, de su especialidad recibe solamente la revista *Vrach*[5], que siempre comienza a leer por la última página. La lectura se prolonga varias horas, sin hacérsele aburrida. Andrei Efímich no lee tan rápida y vorazmente como en tiempos lo hiciera Iván Dimítrich, sino con lentitud e inspiración, deteniéndose en los pasajes que le agradan o que no comprende. Siempre tiene junto al libro una garrafita de vodka más un pepino en salmuera o una manzana en remojo que, sin plato ni nada, están sobre el tapete de la mesa. Cada media hora, el médico, sin apartar los ojos del libro, se llena una copa de vodka, se la bebe y, también sin mirar, agarra el pepino y le da un bocado.

A eso de las tres, se llega cuidadosamente hasta la puerta de la cocina, tose y dice:

—Dariushka: me gustaría almorzar...

Después del almuerzo, bastante malo y desaseado, Andrei Efímich recorre, pensativo, sus habitaciones, con los brazos cruzados. Dan las cuatro, dan las cinco, y él continúa su recorrido y sus meditaciones. Alguna vez rechina la puerta de la cocina y asoma la cara de Dariushka, roja y soñolienta.

—Andrei Efímich, ¿no es la hora de la cerveza? —pregunta, preocupada, la cocinera.

—No, no es todavía la hora. Esperaré... Esperaré...

Ya anochecido, suele acudir el jefe de correos, Mijaíjl Averiánich, la única persona de la ciudad cuya compañía no le resulta fastidiosa al médico.

Mijaíl Averiánich fue en tiempos un hacendado muy rico, y sirvió en caballería; pero se arruinó, y la necesidad le obligó, a la vejez, a buscar un trabajo en correos. De aspecto jovial y lozano, exuberantes patillas grises, finos modales y

---

5 *El médico.*

agradable voz recia, es bondadoso y sensible, aunque vehemente. Si en la oficina de correos protesta alguien, o no
accede a alguna cosa, o simplemente presenta alguna obje-
ción, Mijaíl Averiánich se pone de color purpúreo, tiembla como un azogado y grita con voz de trueno: "¡Cállese!",
de modo que la oficina impone temor a la gente. Mijaíl
Averiánich estima y respeta a Andrei Efímich, por su educación y su nobleza. A todos los restantes convecinos los trata
y considera como a subordinados.

—¡Aquí me tiene! —exclama al entrar en casa del médico—. Buenas tardes, mi querido amigo. ¿Le molesto, eh?

—Al contrario, encantado —responde el doctor—.
Siempre me alegro de verle.

Los dos amigos se sientan en el diván del gabinete y pasan
un momento fumando en silencio.

—Dariushka: no estaría mal un poco de cerveza -dice
Andrei Efímich.

Mientras se toman la primera botella, callan también:
el médico pensativo; y Mijaíl Averiánich con cara de alegre
animación, como quien tiene algo muy interesante que referir. El doctor es siempre quien inicia la conversación.

—¡Qué lástima! —pronuncia, lenta y quedamente,
moviendo la cabeza y sin mirar a los ojos de su interlocutor, cosa que nunca hace—. ¡Qué lástima estimado Mijaíl
Averiánich, que no haya en toda la ciudad personas capaces
y amantes de sostener una plática interesante e inteligente!
Es una gran privación para nosotros. Ni siquiera los intelectuales están por encima de lo vulgar. Le aseguro que su nivel
de desarrollo no va más allá del de la clase baja.

—Tiene usted plena razón. Completamente cierto.

—Bien sabe usted —prosigue Andrei Efímich, reposadamente—, que en este mundo todo es minúsculo e intras-
cendente, salvo las supremas manifestaciones espirituales
del entendimiento humano. La razón establece un límite
acusadísimo entre el animal y el hombre; sugiere el origen
divino de este último; y, en cierto modo, hasta le concede

una inmortalidad de que carece. De ahí que la razón sea la única fuente posible de placer. No vemos ni oímos junto a nosotros la razón; quiere decirse que estamos privados de placeres. Cierto que disponemos de libros, pero éstos son muy distintos que la conversación y el trato. Si me permite usted una comparación no del todo feliz, yo diría que los libros son la partitura, y la conversación el canto.

—Completamente cierto.

Se produce una pausa. De la cocina sale Dariushka; y con cara de bobo embelesamiento, la barbilla apoyada en el puño, se detiene a la puerta para escuchar.

—¡Ay! —suspira Mijaíl Averiánich—.¡Vaya usted a pedirle razón a la gente de hoy en día!

Y refiere cuán interesante, sana y alegre era anteriormente la vida en Rusia; qué intelectualidad tan capaz había, y a qué altura colocaba las nociones de honor y amistad. Se prestaba dinero sin pagarés y se consideraba oprobioso no tender una mano a un compañero necesitado ¡Y qué campañas militares las de entonces, qué aventuras, qué escaramuzas, qué camaradas, qué mujeres! ¡Y qué paraje tan maravilloso el Cáucaso! La mujer del comandante de un batallón, una señora la mar de extraña, se vestía de oficial y se iba por la noche a las montañas, sin acompañante alguno. Aseguraban por allí que tenía amores con un reyezuelo montañés.

—¡Reina de los cielos! —suspiraba Dariushka.

—¡Cómo comíamos! ¡Cómo bebíamos! ¡Y qué liberales éramos!

Andrei Efímich le oye sin enterarse de lo que dice:

—¡Reina de los cielos! —suspiraba Dariushka.

—A menudo, sueño que estoy charlando con personas inteligentes —interrumpe a Mijaíl Averiánich—. Mi padre me dio una educación esmerada; pero, bajo el influjo de las ideas de los años del sesenta, me obligo a hacerme médico. Creo que si entonces no le hubiera obedecido, me encontraría ahora en el mismo centro del movimiento intelectual. De fijo que sería miembro de alguna facultad. Por supuesto, la inteligencia no es perpetua; por el contrario, es cosa pasajera; pero usted sabe por qué le tengo afición. La vida es una trampa fatidiosa. Cuando un hombre pensante adquiere edad y conciencia, parece sentirse dentro de una trampa sin salida. Al margen de su voluntad y en virtud de una serie de casualidades, se le ha sacado de la nada a la vida... ¿Para que? Si pretende conocer el sentido y el fin de su existencia, no se lo dicen o le sueltan cuatro absurdos; llama a su puerta, y no le abren; la muerte le llega también contra su voluntad; y así como en la cárcel los hombres ligados por el infortunio común experimentan un alivio cuando se juntan, así también en la vida no se advierte la trampa cuando las personas inclinadas al análisis y a las sintetizaciones se reúnen y pasan el tiempo intercambiando ideas libres. En este sentido, la razón es un placer insustituible.

—Completamente cierto.

Sin mirar a los ojos de su interlocutor, pausada y serenamente, Andrei Efímich sigue hablando de hombres inteligentes y de las conversaciones con ellos, mientras Mijaíl Averiánich le escucha atentamente muestra su conformidad:

"Completamente cierto"

—¿Y usted no cree en la inmortalidad del alma? —pregunta, de pronto, el jefe de correos.

—No, estimado Mijaíl Averiánich. No creo ni tengo motivos para creer.

—A decir verdad, yo también tengo mis dudas. Y eso que, por otra parte, se me antoja que no he de morirme nunca. A veces pienso: "¡Eh, viejo zorro; ya es hora de ir al hoyo!", pero una vocecita me dice desde las profundidades del alma: "No lo creas, no te morirás".

Poco después de las nueve, se marcha Mijaíl Averiánich. Mientras se pone el abrigo en el recibidor, se lamenta, con un suspiro:

—¡A qué parajes tan remotos nos ha empujado el destino! Y lo que más rabia da es que tendremos que morirnos aquí ¡Oh!

VII

Una vez que ha despedido al amigo, Andrei Efímich se sienta a la mesa y reanuda su lectura. Ningún sonido altera el silencio de la noche. El tiempo parece detenerse e inmovilizarse, como el doctor, sobre el libro; y se diría que nada existe fuera del libro y de la lámpara con su pantalla verde. El rostro del doctor, tosco y digno de un *mujik*, resplandece, poco a poco, en una sonrisa de enternecimiento y de júbilo ante las realizaciones del cerebro humano. "¡Oh!, ¿por qué no será inmortal el hombre? —piensa—. ¿Para qué existen los centros y las circunvoluciones cerebrales, para qué la vista, la palabra, el sentimiento y el genio, si todo ello está condenado a convertirse en polvo y, a fin de cuentas, a enfriarse con la corteza terrestre y a volar millones de años, sin sentido ni objeto, junto con la tierra, alrededor del sol?

"Para que se enfríe y luego gire, no hacía falta sacar de la nada al hombre con su razón excelsa, casi divina, y luego, como por burla, convertirlo en barro.

"¡La transformación de la materia! ¡Qué cobardía consolarse con este sucedáneo de la inmortalidad! Los procesos inconscientes que se verifican en la naturaleza están, incluso, por debajo de la estulticia humana, ya que en la estulticia se encierra un algo de conciencia y de voluntad; mientras que en tales procesos no hay absolutamente nada. Sólo un pusilánime, con más miedo a la muerte que dignidad humana, puede consolarse pensando que su cuerpo vivirá algún día en una hierba, en una piedra o en un sapo... Ver la inmortalidad en la transformación de las substancias es tan paradójico como augurar un porvenir magnífico a la funda después que el rico violín se ha roto y ha quedado inútil".

Cuando el reloj da las horas, Andrei Efímich se recuesta en el respaldo del sillón y cierra los ojos para meditar un instante. Y, como por casualidad, incitado por los buenos pensamientos que acaba de leer en el libro, lanza una ojeada a su pasado y a su presente. El pasado es repelente; vale más no pensar en él. Y el presente, lo mismo. Andrei Efímich sabe que mientras sus pensamientos giran en torno al sol en compañía de la Tierra enfriada, a poca distancia de su casa, en el pabellón principal, muchas personas sufren enfermedades y suciedad física. Acaso haya algún enfermo desvelado, luchando contra los parásitos, contagiándose de erisipela o quejándose por tener la venda demasiado apretada; acaso otros estén jugando a las cartas con las enfermeras y bebiendo vodka. Durante el último año fueron engañadas doce mil personas. Igual que hace veinte años, en los servicios sanitarios imperan el robo, el chismorreo, la murmuración, el compadrazgo, la charlatanería más grosera; y el hospital sigue constituyendo un establecimiento inmoral y nocivo, en grado sumo, para la salud pública.

Andrei Efímich sabe que en el pabellón número seis, Nikita vapulea a los enfermos; y que Moiseika recorre diariamente la ciudad pidiendo limosna.

De otro lado, el doctor sabe perfectamente que durante los últimos veinticinco años se han producido cambios fabulosos en la medicina.

Cuando él estudiaba en la universidad, creía que la medicina iba a correr pronto la suerte de la alquimia y de la metafísica. Ahora, cuando lee de noche, la medicina le tienta, suscitando en él sorpresa y entusiasmo. ¡Qué florecimiento tan inesperado, qué revolución! Gracias a los antisépticos se realizan operaciones que el gran Pigorov consideraba imposibles incluso *in spe*[6]. Simples médicos provincianos se atreven a efectuar resecciones de la articulación de la rodilla; por cada cien operaciones de vientre sólo hay un desenlace mortal; y el mal de piedra se considera tal insignificancia, que ni siquiera se escribe acerca de él. Se cura radicalmente la sífilis. ¿Y la teoría de la herencia, el hipnotismo, los descubrimientos de Pasteur y de Koch, la estadística de la higiene y la medicina rural rusa? La psiquiatría, con su actual clasificación de las enfermedades, los métodos de diagnóstico y tratamiento, todo ello, en comparación con

---

6 Como esperanza.

lo anterior, es un mundo nuevo. A los alienados no se les echa ahora agua en la cabeza ni se les ponen camisas de fuerza; se les da un trato humano, y según escriben los periódicos, hasta se organizan para ellos espectáculos y bailes. Andrei Efímich no ignora que, con el criterio y la moral actuales, una infamia como la del pabellón número seis sólo es posible a 200 kilómetros largos del ferrocarril, en una aldea donde el alcalde y todos los consejales son pequeños burgueses semianalfabetos, que tienen al médico por un sacerdote en el que hay que confiar a pie juntillas, aunque ordene echarle a uno estaño ardiente en la boca; en cualquier otro lugar, el público y los periódicos hubieran derruido y deshecho esta pequeña Bastilla.

"Bueno, ¿y qué? —se pregunta Andrei Efímich abriendo los ojos—. ¿Qué se gana con todo eso? Antisépticos, Koch, Pasteur; pero la realidad de las cosas ha cambiado bien poco. Las enfermedades y la mortalidad siguen siendo las mismas. Se organizan bailes y espectáculos para los locos; pero, a pesar de todo, no los sueltan. Quiere decirse que todo es tontería y vanidad, y que la diferencia entre la mejor clínica de Viena y mi hospital es nula, en esencia".

Pero la amargura y un sentimiento parecido a la envidia le impiden permanecer indiferente. Quizá todo ello sea producto de la fatiga. La cabeza, pesada, se le cae sobre el libro. El médico se pone las manos bajo la cara y piensa:

"Estoy dedicado a una labor perjudicial y me dan mi sueldo personas a quienes engaño. No soy honrado. Pero, por mí mismo, no represento nada: soy únicamente una partícula de un mal social inevitable: todos los funcionarios comarcales son dañinos y cobran sin hacer nada... de donde se deduce que no soy yo sino el tiempo, el culpable de mi deshonestidad... si hubiera nacido doscientos años después sería otra cosa distinta...".

Al sonar las tres de la madrugada, apaga la lámpara y se dirige al dormitorio. Va sin ganas de dormir.

VIII

Hará cosa de dos años, la Diputación tuvo un rasgo de generosidad y acordó asignar 300 rublos mensuales como subsidio para reforzar el personal sanitario del hospital de la ciudad, hasta el momento en que se inaugurase el hospital comarcal; y para ayudar a Andrei Efímich requirió los servicios del médico Evgueni Fiodorich Jobotov. Se trata de un joven que aún no ha cumplido los treinta, moreno, alto, de anchos pómulos y pequeños ojillos. Sus padres, con toda seguridad, no eran rusos. Llegó a la ciudad sin un ochavo, con un maletín y con una mujer joven y fea, a la que da el nombre de cocinera y que tiene un niño de pecho. Evgueni Fiodorich usa gorra de visera y botas altas; y en invierno lleva chaqueta. Se ha hecho íntimo del practicante Serguei Sergueich y del cajero. Sin que se conozca la razón, tilda de aristócratas a los demás funcionarios, cuya compañía rehúye. Tiene en su domicilio un solo libro: *Novísimas recetas de la clínica de Viena para 1881,* libro que lleva consigo siempre que va a visitar a un enfermo. Por las noches juega al billar en el club. No le gustan las cartas. Y es gran amigo de emplear en la conversación palabras y giros como *galimatías, átame esa mosca por el rabo, no oscurezcas las cosas* y otras por el estilo.

Va al hospital dos veces por semana, recorre los pabellones y recibe a los enfermos. La falta absoluta de antisépticos y la aplicación de ventosas le indignan; pero no se atreve a introducir nuevos procedimientos, para no ofender a Andrei Efímich. Considera a éste un viejo farsante, le cree poseedor de una gran riqueza y le envidia en secreto. De buena gana ocuparía su puesto.

IX

Una noche de fines de marzo, cuando ya no había nieve en el suelo y cantaban los estorninos en el jardín del hospital, el doctor salió a la puerta a despedir a su amigo, el jefe de correos. Precisamente en aquel momento entró en el patio el judío Moiseika, que regresaba con su botín. Desnudo y con los pies metidos en unas sandalias, llevaba una alforja con las limosnas recogidas.

—Dame una *kopeka* —se dirigió al doctor, tiritando de frío y sonriendo.

Andrei Efímich, incapaz de negar nada, le dio un *grivennik*[7]. "¡Qué horror! —pensó mirando aquellos pies desnudos y aquellos tobillos escuálidos y rojos—. ¡Con tanto barro!".

Y llevado por un sentimiento mezcla de compasión y de repugnancia, le siguió hasta el pabellón, mirando tan pronto los tobillos como la calva de Moiseika. Al entrar el doctor, Nikita saltó del montón de cachivaches y se colocó en posición de firmes.

—Hola, Nikita —le dijo el médico en tono dulce— no estaría mal darle a este judío unas botas, porque si no, puede resfriarse.

—A sus órdenes, señor. Se lo comunicaré al inspector.

—Sí, haz el favor. Pídeselo de mi parte. Dile que yo se lo pido.

La puerta de zaguán al pabellón estaba abierta. Iván Dimítrich, acostado en su cama, se incorporó sobre un codo, puso oído a aquella voz extraña y de pronto notó que era la del doctor. Temblando de cólera, saltó de la cama y, con el rostro encendido, desorbitados los ojos, corrió al centro del pabellón.

—¡Ha venido el doctor! —gritó; y se echó a reír inesperadamente—. ¡Por fin! ¡Les felicito, señores! ¡El médico nos honra con su visita! ¡Maldito bicho! —rugió, y con frenesí

---

7 Moneda de diez *kopekas*.

nunca visto en el pabellón, se puso a patear el piso—. ¡Hay que matar a esa culebra! ¡No; matarlo sería poco! ¡Habría que ahogarlo en el retrete!

Andrei Efímich, que oyó tales palabras, asomó la cabeza desde el zaguán al pabellón y preguntó con voz suave:

—¿Por qué?

—¿Que por qué? -vociferó Iván Dimítrich, acercándosele con aire amenazador y tiritando febrilmente dentro del batín—. ¿Quieres saber por qué? ¡Ladrón! —masculló con repugnancia, poniendo los labios como para escupirle-. ¡Charlatán! ¡Verdugo!

—Cálmese —respondió Andrei Efímich, sonriendo como quien se disculpa—. Le aseguro que nunca he robado nada. Y en lo demás, exagera usted, probablemente. Veo que está enfadado conmigo. Haga el favor de serenarse, si puede, y dígame con tranquilidad: ¿por qué está usted enojado?

—¿Y por qué me tiene usted aquí?

—Pues porque está usted enfermo.

—Sí, lo estoy. Pero decenas de locos, cientos de locos se pasean tranquilamente por la calle porque la ignorancia de ustedes es incapaz de distinguirlos de los sanos. ¿Por qué razón, estos desdichados y yo debemos estar aquí encerrados por todos, como conejillos de indias? Usted, el practicante, el inspector y toda su canalla son infinitamente más bajos, desde el punto de vista moral, que cualquiera de nosotros. ¿Por qué, pues, debemos permanecer encerrados nosotros y no ustedes? ¿Dónde está la lógica?

—La moral y la lógica no tienen nada que ver con esto. Todo depende de la casualidad. Está encerrado el que han encerrado; y el que no han encerrado se pasea tan ufano por la calle. Y nada más. En el hecho de que yo sea médico y usted alienado, no hay ni moral ni lógica, sino una simple casualidad.

—No entiendo ese embrollo —gruñó sordamente Iván Dimítrich y se sentó en su cama.

Moiseika, a quien Nikita no se había atrevido a registrar

en presencia del doctor, colocó sobre su lecho los trozos de pan, los papeles y los huesos recogidos como limosnas; y, todavía temblando de frío, pronunció, como cantando, unas frases en hebreo. Probablemente, se imaginaba haber abierto una tienda.

—Déjeme marcharme —exigió Iván Dimítrich con voz trémula.

—No puedo.

—¿Por qué? ¿Por qué?

—Porque no depende de mí. Juzgue usted mismo: ¿qué provecho sacará con que yo le suelte? Váyase. Le detendría la gente o la policía; y volverán a traerle aquí.

—Sí, sí, es verdad —murmuró Iván Dimítrich y se secó la frente—. ¡Es espantoso! Pero ¿qué puedo hacer? ¿Qué voy a hacer?

La voz de Iván Dimítrich y su joven e inteligente rostro, gesticulante siempre, agradaron a Andrei Efímich, que se sintió impelido a consolar al loco y a aplacarlo. Sentándose junto a él en la cama, pensó un instante y dijo:

—¿Qué hacer? ¿Eso pregunta usted? En su situación, lo mejor sería escaparse de aquí. Pero, por desgracia, resultaría inútil, porque le atraparían. La sociedad es invencible cuando se preserva de delincuentes, alienados y gente molesta en general. Le queda a usted solamente una solución: tranquilizarse pensando que su estancia aquí es necesaria.

—Nadie la necesita.

—Si existen las cárceles y los manicomios, alguien debe haber en ellos. Si no es usted, seré yo o un tercero. En un futuro muy lejano, cuando dejen de existir las cárceles y los manicomios, no habrá rejas ni batines. Pero esa época tardará.

Iván Dimítrich sonrió burlón.

—Está usted bromeando —dijo, entornando los ojos-. Señores como usted o como su ayudante Nikita se preocupan muy poco del futuro; pero puede tener la seguridad, caballero, de que vendrán mejores tiempos. Yo me expresaré mal, y usted se reirá de mí; pero brillará la aurora de una nueva vida, triunfará la razón, y habrá fiesta en nuestra calle. Yo no lo veré, me moriré antes; pero lo verán nuestros descendientes. ¡Les saludo de todo corazón y me alegro por ellos! ¡Adelante! ¡Que Dios os ayude, amigos!

Iván Dimítrich, fulgurantes los ojos, se levantó; y, extendiendo un brazo hacia la ventana, continuó con voz trémula:

—¡Desde detrás de estas rejas, yo os bendigo! ¡Viva la razón! ¡Me alegro por vosotros!

—No veo tanto motivo para alegrarse —dijo Andrei Efímich a quien el movimiento de Iván Dimítrich le había parecido teatral, aunque no dejó de gustarle—. No habrá cárceles ni manicomios, y la razón triunfará, según ha manifestado usted; pero la esencia de las cosas no cambiará, y las leyes de la naturaleza seguirán siendo las mismas. La gente enfermará, envejecerá y morirá como hasta ahora. Por muy majestuosa que sea la aurora que ilumine su vida, a fin de cuentas le meterán en un ataúd y le enterrarán en un hoyo.

—¿Y la inmortalidad?

—¡Bah!

—¿No cree usted en ella? Pues yo creo. No sé si ha sido Dostoievski o Voltaire quien ha dicho que si no hubiera Dios, lo inventarían los hombres. Y yo estoy profundamente convencido de que si no existe la inmortalidad la inventará, tarde o temprano, el gran entendimiento humano.

—Bien dicho —replicó Andrei Efímich, sonriendo satisfecho—. Me parece muy bien que crea usted. Con esa fe puede vivir en el mejor de los mundos hasta un hombre recluido. ¿Ha hecho usted estudios?

—Sí. Estudié en la universidad; pero no terminé la carrera.

—Es usted persona inteligente y reflexiva; y en cualquier situación puede hallar consuelo en sí mismo. Un entendimiento libre y profundo que tiende a la interpretación de la vida, y un total desprecio a la estúpida vanidad del mundo:

he aquí dos bienes que mejores no los conoce el hombre. Usted puede poseerlos, aunque se halle detrás de tres rejas. Diógenes vivía en un barril y era más feliz que todos los reyes de la tierra.

—Ese Diógenes era un animal —masculló, sombrío, Iván Dimítrich—. ¿A qué me viene usted con Diógenes ni con interpretaciones? —levantóse, indignado—. ¡Yo amo la vida, la amo con pasión! Tengo manía persecutoria, un temor permanente y torturador; pero hay momentos en que se apodera de mí la sed de vivir, y entonces temo volverme loco. ¡Tengo un ansia enorme de vivir!

Alterado y nervioso, recorrió el pabellón; y agregó, bajando la voz:

—Cuando sueño me visitan espectros. Se me presentan unos hombres extraños; oigo voces, música; me parece que estoy paseando por un bosque, por la orilla del mar; y me entra tal ansia de tener preocupaciones y quehaceres... Dígame, ¿qué hay de nuevo por ahí? ¿Qué hay de nuevo?

—¿Se refiere usted a la ciudad o habla en general?

—Cuénteme primero lo que haya en la ciudad; y luego, en general.

—Pues, ¿qué quiere que le diga? La ciudad sigue siendo fastidiosamente aburrida... No hay a quién decir una palabra ni de quién oírla. Tampoco hay gente nueva. Aunque, para ser preciso, debo decirle que hace poco ha venido el joven doctor Jobotov.

—Vino cuando yo estaba todavía en libertad. Será un cínico, ¿no?

—Pues sí. Es hombre de poca cultura. Resulta cosa extraña, ¿sabe? A juzgar por todos los síntomas, en nuestras capitales no se observa un estancamiento intelectual, antes bien se nota un progreso. Por consiguiente, debe haber allí personas auténticas; pero, por no sé qué razón, siempre nos mandan gente que no vale la pena mirarla. ¡Qué ciudad tan desdichada!

—Desdichadísima —suspiró Iván Dimítrich; y sonrió—. ¿Y cómo van las cosas en general? ¿Qué escriben los periódicos y las revistas?

El pabellón estaba ya oscuro. El doctor se levantó; y se puso a contar lo que se escribía en el extranjero y en Rusia, y a describir las tendencias ideológicas que se observaban. Iván Dimítrich le oía con atención, haciendo preguntas de cuando en cuando; pero de pronto, como si recordase algo horroroso, se agarró la cabeza con las dos manos y se tendió en la cama, de espaldas al doctor.

—¿Qué le pasa? —inquirió éste.

—No volverá usted a oír una sola palabra mía —respondió, rudamente, el loco—. ¡Déjeme en paz!

—Pero, ¿por qué?

—Le digo que me deje en paz, ¡qué diablo!

Andrei Efímich se encogió de hombros, suspiró y abandonó el pabellón.

Al pasar por el zaguán dijo al guarda:

—Nikita, estaría bien limpiar un poco esto... ¡Hay un olor terrible!

—A sus órdenes, señor.

¡Qué joven tan agradable! —iba pensando el médico camino de su domicilio—. Desde que vivo aquí creo que es la primera persona con quien se puede hablar. Sabe razonar y se interesa precisamente por las cosas de peso.

Mientras leía y, luego, al acostarse, no dejó de pensar en Iván Dimítrich. Y al despertarse a la mañana siguiente, recordó que la víspera había conocido a un joven inteligente e interesante, decidiendo ir a visitarle en la primera ocasión.

X

Iván Dimítrich estaba tendido en la misma posición que el día anterior, con la cabeza entre las manos y las piernas encogidas. La cara no se le veía.

—Buenas tardes, amigo —le saludó Andrei Efímich

entrando—. ¿No duerme usted?

—En primer lugar, yo no soy su amigo —replicó Iván Dimítrich, con la cara hundida en la almohada—. Y en segundo, es inútil que se empeñe: no me sacará usted una sola palabra.

—Es extraño —murmuró el doctor confundido—. Ayer estábamos charlando tan tranquilamente; y de pronto se enfadó usted e interrumpió la conversación... Quizá le disgustó alguna de mis expresiones, o acaso yo dije algo contrario a sus ideas...

—¡Como que se cree usted que va a engañarme! —dijo Iván Dimítrich, incorporándose un poco y mirando al doctor con sorna e inquietud, a un tiempo y con los ojos inyectados en sangre—. Puede marcharse a espiar a otro lado, pues aquí no tiene nada que hacer. Ayer mismo me di cuenta de por qué viene.

—Extraña fantasía —sonrió Andrei Efímich—. ¿De modo que usted me cree un espía?

—Sí, lo creo... Un espía o un médico encargado de examinarme. Para el caso es lo mismo.

—¡Oh, qué... qué raro es usted! Y dispense la expresión...

El doctor se sentó en un taburete, junto a la cama; y movió la cabeza en son de reproche.

—Bueno —prosiguió—. Admitamos que tiene usted razón; que yo vengo a cazar arteramente sus palabras para delatarle a la policía; que le detienen y le condenan. ¿Es que, acaso, en el tribunal o en la cárcel va usted a estar peor que aquí? E incluso si lo deportan o lo mandan a trabajos forzados, ¿será peor su situación que en este pabellón? Creo que no será peor. ¿Qué motivo hay, pues, para temer?

Por lo que se ve, estas palabras influyeron en el ánimo de Iván Dimítrich, que se sentó, calmado.

Eran más de las cuatro de la tarde, la hora en que Andrei Efímich solía recorrer sus habitaciones y Dariushka le preguntaba si no había llegado el momento de tomarse la cerveza. El tiempo era claro y apacible.

—Después de almorzar, salí a dar un paseo; y de camino he venido por aquí, como usted ve —continuó—. Hace un tiempo verdaderamente primaveral.

—¿En qué mes estamos? ¿En marzo? —se interesó Iván Dimítrich.

—Sí, a fines de marzo.

—¿Hay mucho barro en la calle?

—No, no mucho. Ya se puede andar por los senderos del jardín.

—Buena época para darse un paseo en coche por las afueras de la ciudad —dijo Iván Dimítrich, restregándose los ojos enrojecidos, como si acabara de despertarse—. Darse un paseo por las afueras y después volver a casa, meterse en el gabinete, cómodo y abrigado, y que un buen médico le cure a uno el dolor de cabeza... Hace mucho tiempo que no vivo como las personas. ¡Esto da asco! ¡Es insoportable!

Después de la excitación de la víspera, se mostraba fatigado y débil y hablaba como con desgano. Le temblaban los dedos; y, por su semblante, se notaba que le dolía fuertemente la cabeza.

—Entre un gabinete abrigado y cómodo y este pabellón no hay diferencia alguna —sentenció Andrei Efímich—. La quietud y la satisfacción del hombre no están fuera de él, sino en él mismo.

—¿Qué quiere decir eso?

—Que el hombre corriente busca lo bueno y lo malo fuera de sí mismo, o sea, en un coche o en un gabinete; mientras que el hombre meditativo lo busca en sí mismo.

—Váyase a predicar esa filosofía a Grecia, donde hace calor y huele a naranjas, que aquí no va con el clima. ¿No fue con usted con quien hablé de Diógenes?

—Sí, hablamos ayer.

—Diógenes no necesitaba un gabinete ni un local abrigado; ya sin eso hace bastante calor allí. Con un tonel para meterse y unas cuantas naranjas y aceitunas que comer, basta y sobra. Pero si Diógenes hubiera vivido en Rusia, no digo yo en diciembre, sino hasta en mayo, habría pedido habitación. Vamos, si no quería helarse.

—No. El frío, como todos los dolores, puede no sentirse. Marco Aurelio dijo: "El frío es una noción viva del dolor; haz un esfuerzo de voluntad para modificar esta noción, recházala, deja de quejarte, y el dolor desaparecerá". Es una gran verdad. Un sabio o, sencillamente, un pensador, un meditador, se distingue de los demás en que desprecia el sufrimiento, siempre está satisfecho y de nada se asombra.

—Quiere decir que yo soy idiota porque sufro, estoy descontento y me asombro de la bajeza humana.

—Hace mal. Reflexione más a menudo; y comprenderá cuán insignificante es todo lo exterior que nos emociona. Hay que tender a la interpretación de la vida. Ahí reside la verdadera bienaventuranza.

—Interpretación... —Iván Dimítrich frunció el ceño—. Interior... exterior... Perdone usted, pero no comprendo nada de eso. Sé tan sólo —y se levantó mirando hoscamente al doctor—, sé tan sólo que Dios me ha hecho de sangre caliente y de nervios... ¡Sí, señor! Y el tejido orgánico, cuando tiene vida, debe reaccionar a toda excitación. ¡Por eso reacciono yo! Contesto al dolor con gritos y lágrimas: a las infamias, con indignación; a las inmundicias, con asco. Eso es lo que, a mi juicio, se llama vida. Cuanto más inferior es el organismo, tanto menos sensible es y tanto menos reacciona a las excitaciones; y, por el contrario, cuanto mayor es su perfección, tanto mayor es su sensibilidad y tanto más enérgica su reacción ante la realidad. ¿Cómo puede ignorarse esto? ¡Médico, y no sabe cosas tan elementales! Para despreciar el sufrimiento, estar siempre satisfecho y no asombrarse de nada, hay que llegar a la situación de éste —Iván Dimítrich señaló al *mujik* gordo y adiposo— o haberse templado en el sufrimiento, hasta el punto de perder toda sensibilidad o, dicho de otro modo, dejar de vivir. Perdóneme; no soy ni un sabio ni un filósofo —prosiguió Iván Dimítrich indignado—, y no comprendo nada de esto. No estoy en condiciones de razonar.

—Al contrario. Razona usted admirablemente.

—Los estoicos, de los cuales hace usted una parodia, fueron hombres magníficos; pero su doctrina se petrificó hace ya dos mil años, y no ha avanzado un solo paso ni lo avanzará, porque no es práctica ni viable. Ha gozado de algún predicamento entre una minoría, que se pasa la vida estudiando y probando diversas doctrinas; pero la mayoría no la ha comprendido. Una doctrina que predica la indiferencia hacia la riqueza, las comodidades de la vida, los sufrimientos y la muerte, resulta absolutamente incomprensible para la inmensa mayoría; porque esa mayoría jamás ha conocido ni la riqueza ni las comodidades de la vida; y despreciar los sufrimientos equivaldría, para los más, a despreciar la propia vida, ya que todo el ser del hombre consiste en sensaciones de hambre, de frío, de ofensas, de pérdidas y de un miedo a la muerte, digno de Hamlet. En esas sensaciones reside la vida: puede uno cansarse de ella y hasta odiarla; pero nunca despreciarla. Repito que la doctrina de los estoicos no puede tener ningún porvenir; mientras que, por el contrario, como usted ve, desde el comienzo del siglo hasta ahora progresan la lucha, la sensibilidad ante el dolor, la facultad de reaccionar a las excitaciones...

Iván Dimítrich perdió repentinamente el hilo de sus pensamientos, se detuvo y se secó la frente.

—Quería decir algo importante, pero se me ha ido de la cabez —se lamentó enfadado—. ¿A qué me estaba refiriendo? ¡Ah, sí! Un estoico se vendió en esclavitud para redimir a un semejante. ¿Ve usted? Hasta un estoico reaccionó a la excitación; pues para realizar un acto tan magnánimo como es el del autosacrificio en favor del prójimo, hace falta un alma compasiva y emocionada. En esta cárcel se me ha olvidado todo lo que aprendí: de no ser así, recordaría algunas cosas más. ¿Y si hablamos de Cristo? Cristo respondía a la realidad llorando, sonriendo, apenándose, enfureciéndose. Hasta nostalgia sentía. No afrontaba los sufrimientos con una sonrisa, ni despreciaba la muerte; por el contrario, oró en el huerto de Getsemaní para no tener que apurar el cáliz de la amargura...

Iván Dimítrich se rió y volvió a tomar asiento.

—Admitamos que la tranquilidad y la satisfacción del hombre no están fuera de él, sino en su interior —continuó—. Admitamos que hay que despreciar los sufrimientos y no asombrarse de nada. ¿Con qué fundamento predica usted todo eso? ¿Es usted un sabio? ¿Un filósofo?

—No; no soy un filósofo: pero eso debe predicarlo cada cual, porque es razonable.

—Lo que quiero saber es por qué se considera usted competente en lo que respecta a la interpretación de la vida, al desprecio de los sufrimientos, etcétera. ¿Es que usted ha sufrido alguna vez? ¿Tiene alguna noción del sufrimiento? Permítame una pregunta: ¿le pegaban a usted cuando niño?

—No. Mis padres sentían horror por los castigos corporales.

—Pues mi padre me pegaba sin compasión. Era un funcionario rudo, hemorroidal, de nariz larga y cuello amarillo. Pero hablemos de usted. En toda su vida, nadie le ha tocado al pelo de la ropa, ni le ha asustado. Tiene usted la salud de un toro. Creció bajo las alas de su padre; estudió por cuenta de él; e inmediatamente le cayó en suerte un puesto bueno.Ha vivido más de veinte años sin pagar casa, con calefacción, con luz, con sirvienta, con derecho a trabajar lo que quisiera e incluso a no hacer nada. Por naturaleza, es usted perezoso, vago; y ha procurado organizar su existencia de modo que nadie le moleste ni le haga moverse. Ha puesto todos los asuntos en manos del practicante y de otros canallas; y usted, mientras tanto, sentado en una habitación cálida y silenciosa, juntando dinero, leyendo libros, deleitándose en meditaciones sobre estupideces muy elevadas y (aquí Iván Dimítrich miró la roja nariz del doctor) empinando el codo.Dicho en otras palabras, no ha visto usted la vida, ni la conoce en absoluto; y de la realidad no tiene sino una noción teórica. Si desprecia los sufrimientos y de nada se asombra, es por un motivo muy simple: la vanidad de vanidades, lo externo y lo interno, el desprecio a la vida, a los sufrimientos y a la muerte, la interpretación y la verdadera bienaventuranza, son mera filosofía más grata para el zángano ruso. Usted ve, por ejemplo, a un *mujik* pegándole a su mujer. ¿Para qué inmiscuirse? Que le pegue: al fin y al cabo, los dos se morirán, tarde o temprano; y, además, el que pega no ofende a su víctima, sino a sí mismo. Emborracharse es estúpido e indecente; pero igual se muere el que se emborracha que el que no. Llega una mujer con dolor de muelas... Como el dolor es la idea de que duele y como, por añadidura, no hay modo de evitar las enfermedades en este mundo, y todos hemos de morir, que se vaya la mujerzuela con sus dolores y le deje a usted meditar y beber vodka. Un joven pide consejo y pregunta qué hacer y cómo vivir. Antes de responder, otro reflexionaría un poco; pero usted tiene lista la respuesta: "Aspira a lograr la interpretación de la vida y la auténtica bienaventuranza". ¿Y qué es esa fantástica "bienaventuranza"? Naturalmente, no hay contestación. Aquí nos tienen recluidos tras unos barrotes; nos obligan a pudrirnos y nos martirizan; pero todo ello es magnífico y razonable, porque entre este pabellón y un gabinete cómodo y abrigado no existe ninguna diferencia. Estupenda filosofía: no hay nada que hacer, y la conciencia está tranquila, y uno se siente sabio... Pues no, señor: eso no es filosofía, ni pensamiento, ni amplitud de miras, sino pereza, artimaña, soñolencia... ¡Sí, señor! —volvió a enfadarse Iván Dimítrich—. Dice usted que desprecia los sufrimientos; pero ya veríamos los gritos que daría si le agarraran un dedo con una puerta.

—O quizá no grite —objetó Andrei Efímich con una sonrisa tímida.

—¡Vaya que sí! O supongamos que se queda usted paralítico o que algún idiota desvergonzado, aprovechándose de su rango y situación, le insulta públicamente y usted sabe que la ofensa quedará impune. Entonces comprenderá usted lo que significa pedir a los demás que se contenten con la interpretación de la vida o con la auténtica bienaventuranza.

—Es original —exclamó Andrei Efímich, riendo de con-

tento y frotándose las manos—. Me causa agradable sorpresa
su tendencia a las sintetizaciones; y creo que la característica
que acaba de hacer de mí es francamente brillante. He de
reconocer que la conversación con usted me proporciona un
placer enorme. Bueno, yo le he escuchado ya. Ahora hágame
el favor de escucharme a mí...

XI

La conversación duró todavía cosa de una hora; y, al parecer, produjo gran impresión al doctor. A partir de entonces, comenzó a visitar el pabellón todos los días. Iba por
la mañana y después de almorzar; y a menudo, oscurecía,
mientras él charlaba con Iván Dimítrich. Al principio, éste
se mostraba huidizo, sospechando mala intención; y expresaba su hostilidad francamente, pero pronto se acostumbró
al trato con el médico, y cambió su rudeza por una actitud
mezcla de condescendencia y de ironía.

Pronto se propagó en el hospital el rumor de que Andrei
Efímich visitaba el pabellón número seis. Ni el practicante,
ni Nikita, ni las enfermeras acertaban a explicarse para qué
iba, por qué se pasaba allí horas enteras, de qué hablaba
y por qué no daba recetas. Sus actos parecían extraños.
Mijaíl Averiánich no le encontraba a menudo en su domicilio, cosa que jamás había ocurrido antes; y Dariushka
estaba muy desconcertada, pues el doctor no tomaba ya
la cerveza a una hora fija; y hasta llegaba tarde a almorzar
algunas veces.

Un día de fines de junio, el doctor Jobotov vino a ver a
Andrei Efímich para un asunto. Como no lo encontró en
casa, se fue a buscarlo por el patio, donde alguien le dijo que
el viejo médico había entrado en el pabellón de los locos.
Penetrando en él y deteniéndose en el zaguán, Jobotov oyó la
siguiente conversación:

—Nunca llegaremos a un acuerdo, y desde luego, no

conseguirá usted convertirme a sus creencias —decía Iván Dimítrich hoscamente—. Usted ignora por completo la realidad: jamás ha sufrido, y como una sanguijuela, se ha nutrido de los sufrimientos ajenos. Yo, en cambio, he sufrido desde el día de mi nacimiento hasta el de hoy. Por eso le digo, sin rodeos, que me considero por encima de usted y más competente que usted en todos los órdenes. Nada tiene que enseñarme.

—No tengo la pretensión de convertirle a mis creencias —pronunció en voz baja Andrei Efímich, lamentando que no quisieran comprenderlo—. Y no se trata de eso, amigo mío. El quid no está en que usted haya sufrido y yo no. Los sufrimientos y las alegrías son cosa efímera. Dejémoslos a un lado, y que se vayan con Dios. El quid está en que usted y yo pensamos. Vemos, el uno en el otro, personas capaces de pensar y de razonar; y esto nos hace solidarios, por diversos que sean nuestros criterios. ¡Si supiera usted, amigo mío, cómo me fastidian la insensatez, la torpeza, la cerrazón generales, y con cuánta alegría charlo con usted todas las veces! Es usted inteligente, y me deleita su conversación.

Jobotov entreabrió la puerta y miró al pabellón: Iván Dimítrich, con el gorro de dormir, y el doctor Andrei Efímich estaban sentados juntos en la cama. El loco gesticulaba, temblaba y se arrebujaba febrilmente en la bata; y el doctor, inmóvil, gacha la cabeza, tenía la cara roja y la expresión abatida y triste. Jobotov se encogió de hombros, sonrió y miró a Nikita. Nikita se encogió también de hombros.

Al día siguiente, el joven médico acudió al pabellón acompañado del practicante, y los dos se pusieron a escuchar en el zaguán.

—Parece que nuestro abuelo se ha ido de la cabeza —comentó Jobotov al salir.

—¡Señor, ten piedad de nosotros, pecadores! —suspiró el beato Serguei Sergueich, rodeando cuidadosamente los charcos, para no ensuciarse las lustrosas botas-. A decir verdad, estimado Evgueni Fiodorich, hace tiempo que yo lo esperaba.

XII

A partir de entonces, Andrei Efímich comenzó a notar una atmósfera extraña a su alrededor. Los guardas, las enfermeras y los enfermos, al encontrarse con él, le miraban con aire interrogativo y luego cuchicheaban entre sí. Masha, la hijita del inspector, con la que siempre le gustaba encontrarse en el jardín del hospital, escapaba cuando él, sonriente, quería acercársele para acariciarle la cabecita. El jefe de correos, Mijaíl Averiánich, al oírle, ya no decía "Completamente cierto", sino que mascullaba con incomprensible azoramiento: "Pues sí, sí, sí..." y le miraba triste y compasivamente. Por razones ignoradas, había comenzado a aconsejar a su amigo que dejase el vodka y la cerveza; pero como era persona delicada, no se lo decía claramente, sino con rodeos, refiriéndole la historia de un comandante de batallón, excelente sujeto, o del capellán de un regimiento, magnífica persona, que bebían y enfermaron; pero recobraron totalmente la salud apenas se quitaron de la bebida. Su colega Jobotov también quedó en verle dos o tres veces, recomendándole que dejase de beber, y aconsejándole que tomase bromuro de potasio, sin que Andrei Efímich viese el menor motivo para ello.

En agosto, Andrei Efímich recibió una carta del alcalde rogándole que fuese a verle, para tratar un asunto importantísimo. Cuando se presentó en el Ayuntamiento, Andrei Efímich encontró allí al jefe de la guarnición, al inspector del instituto comarcal, que era concejal, a Jobotov y a un señor grueso y rubio, que le fue presentado como médico. Este médico de apellido polaco, muy difícil de pronunciar, vivía a cosa de 30 kilómetros de la ciudad, en una granja caballar, y estaba allí de paso, según le dijeron.

—Hay aquí una propuesta que le concierne —se dirigió el concejal a Andrei Efímich, una vez intercambiados los saludos de rigor y sentados ya todos—. Evgueni Fiodorich dice que la farmacia del hospital tiene poco sitio en el pabellón principal y que habría que trasladarla a uno de los pequeños.

Naturalmente, se puede trasladar; pero habrá que arreglar el pabellón adonde se la traslade.

—En efecto, la reparación será imprescindible —asintió Andrei Efímich, al cabo de un momento de reflexión—. Si acondicionamos el pabellón del extremo para farmacia, creo que se necesitarán, como *minimum*, 500 rublos. Un gasto improductivo.

Se produjo una pausa.

—Ya tuve el honor de informar hace diez años —agregó Andrei Efímich en voz más queda— que este hospital, en su estado presente, constituye un lujo exagerado para la ciudad. Lo construyeron en la década del cuarenta, cuando los recursos eran distintos. La ciudad gasta mucho dinero en construcciones innecesarias y en cargos superfluos. Creo que con igual dinero, y en otras condiciones, podrían sostenerse dos hospitales ejemplares.

—Bueno; pues vamos a crear otras condiciones —se apresuró a responder el concejal.

—Ya tuve el honor de hacer una propuesta: transfieran ustedes los servicios médicos a la Diputación.

—Sí, sí: transfieran el dinero a la Diputación, y lo robarán todo —rió el doctor rubio.

—Es lo que siempre ocurre —asintió el concejal, sonriéndose a su vez.

Andrei Efímich echó al doctor rubio una mirada desvaída y replicó:

—Hay que ser justos.

Nueva pausa. Sirvieron té. El militar, inexplicablemente confuso, tocó a través de la mesa la mano de Andrei Efímich y le dijo:

—Nos tiene usted totalmente olvidados, doctor. Claro, que usted es un monje: ni juega a las cartas ni le gustan las mujeres. Con nosotros se aburriría...

Todos se pusieron a comentar lo tediosa que era la vida en aquella ciudad, para un hombre instruido, ni teatro, ni música; y en el último baile celebrado en el club, había cerca de veinte damas y solamente dos caballeros, porque los jóvenes no bailaban, sino que se agolpaban junto al ambigú o jugaban a las cartas. Andrei Efímich, reposadamente, sin mirar a nadie, dijo que era una lástima, una verdadera lástima, que la gente dedicara sus energías, su inteligencia y su corazón a las cartas y al cotilleo; y que no supiera o no quisiera pasar el tiempo ocupada en una conversación interesante, o en la lectura, o disfrutando de los placeres del entendimiento.

Sólo el entendimiento era interesante y magnífico: lo demás no pasaba de ruin y minúsculo. Jobotov escuchó atentamente a su colega; y, de pronto, le interrumpió:

—Andrei Efímich, ¿cómo estamos hoy?

Obtenida la respuesta, Jobotov y el doctor rubio, en tono de examinadores que notan su falta de habilidad, preguntaron a Andrei Efímich qué día era, cuántos días tenía el año y si era cierto que en el pabellón número seis habitaba un notable profeta.

Al oír la última pregunta, Andrei Efímich enrojeció y dijo:

—Es un joven alienado; pero muy interesante.

Ya no le preguntaron nada más.

A la salida, cuando Andrei Efímich estaba poniéndose el abrigo en el recibidor, se le acercó el militar, le puso la mano en el hombro y suspiró:

—Ya es hora de que los viejos descansemos.

Una vez en la calle, nuestro hombre comprendió que había sido examinado por una comisión encargada de dictaminar acerca de sus facultades mentales. Recordó las preguntas que le habían hecho, enrojeció; y, por primera vez en su vida, le dio lástima la medicina.

"Dios mío —pensó al recordar a los médicos que acababan de observarle—. ¡Pero si no hace ni tres días que se examinaron de psiquiatría! ¿Cómo son tan ignorantes? ¡Si no tienen ni idea de la materia!"

Y, por primera vez en su vida, se sintió ofendido y enojado.

Aquella misma tarde acudió a visitarle Mijaíl Averiánich. Sin saludar siquiera, el jefe de correos se le acercó y, cogiéndole las dos manos, le dijo con voz emocionada:

—Querido amigo mío, demuéstreme que cree en mi sincera estima y que me considera amigo suyo... ¡Andrei Efímich! —y, sin dejar hablar al médico, prosiguió cariñoso—: Le tengo verdadero afecto, por su instrucción y por su nobleza. Escúcheme, querido: las reglas de la ciencia obligan a los doctores a ocultarle la verdad; pero yo, como militar, tiro por la calle de en medio: ¡Está usted enfermo! Dispense mi franqueza, querido, pero es la pura verdad de la que se han percatado hace tiempo todos los que le rodean. El doctor Evgueni Fiodorich acaba de comunicarme que debiera usted descansar y distraerse, en bien de su salud. ¡Es completamente cierto! ¡Estupendo! Estos días pediré mis vacaciones y me voy a respirar otros aires. ¡Demuéstreme que es amigo mío! ¡Vámonos juntos! ¡Vámonos! ¡Nos sacudiremos los años!

—Yo me siento perfectamente sano —repuso Andrei Efímich después de pensar un breve instante—. No puedo ir a ninguna parte. Permítame que le demuestre mi amistad de algún otro modo.

Irse no se sabe dónde ni para qué, sin los libros, sin Dariushka, sin cerveza; alterar bruscamente un régimen de vida establecido hacía más de veinte años... Tal idea se le antojó absurda y fantástica en el primer momento. Pero luego recordó la reunión del Ayuntamiento y el mal estado de ánimo que se apoderó de él al volver a su casa. Y la idea de abandonar un poco de tiempo una ciudad donde la gente estúpida le consideraba loco, le sonrió.

—¿Y a dónde piensa usted ir? —inquirió.

—A Moscú, a San Petersburgo, a Varsovia... En Varsovia pasé los cinco años más felices de mi vida. ¡Qué ciudad más admirable! ¡Venga conmigo, querido!

XIII

Una semana después propusieron a Andrei Efímich que descansase, es decir, que presentara la dimisión, propuesta que él acogió con entera indiferencia. Y al cabo de otra semana, Mijaíl Averiánich y él iban ya en la diligencia, camino de la estación del ferrocarril. Los días eran frescos, claros, de cielo azul y horizonte transparente. Hasta llegar a la estación, recorriendo los 200 kilómetros de distancia, hubieron de pasar dos noches en el camino.

Cuando en las estaciones de postas servían el té en vasos mal lavados o tardaban en enganchar los caballos, Mijaíl Averiánich se ponía de color púrpura; y, temblando con todo su cuerpo, vociferaba contra el servicio y gritaba: "¡A callar! ¡No quiero excusas!". Y mientras viajaban en la diligencia no cesaba un minuto de relatar sus viajes al Cáucaso y al reino de Polonia. ¡Qué aventuras! ¡Qué encuentros! Hablaba a gritos, poniendo tales ojos de admiración, que pudiera creerse que mentía. Además, lo hacía con la boca pegada a la cara de Andrei Efímich, respirando junto a su mejilla y riéndosele en el mismo oído, todo lo cual molestaba al médico y le impedía concentrarse.

Para economizar en el boleto de ferrocarril, sacaron tercera clase. Iban en un coche para viajeros no fumadores. La mitad de los compañeros de departamento era gente aseada. Mijaíl Averiánich no tardó en trabar conocimiento con todos; y, pasando de un asiento a otro, decía en voz alta que nadie debería utilizar aquellos ferrocarriles indignos. ¡Engaño por todas partes! ¡Qué distinto ir a caballo! Después de recorrer 100 verstas en un día, se sentía uno más fresco y más lozano que nunca.

Y la mala cosecha se debía a que habían secado los pantanos de Pinsk. Se observaba un cuadro general de anormalidades horribles. Hablaba casi a gritos, sin dejar que los demás intercalasen una palabra. La interminable charla, mezclada con grandes risas y con ademanes y gestos expresivos, terminó por fatigar a Andrei Efímich. "¿Cuál de nosotros dos será el loco? —pensaba con fastidio—. ¿Soy, acaso yo, que procuro no molestar para nada a los pasajeros, o este egoísta, que se cree el más listo y el más interesante de cuantos vamos aquí, y por eso no deja tranquilo a nadie?".

Al llegar a Moscú, Mijaíl Averiánich se puso una guerrera militar sin hombreras y unos pantalones con franja roja. Para andar por la calle usaba gorra oficial y capote, y los soldados le saludaban al pasar. Al médico le parecía que aquel hombre se había desprendido de todo lo bueno que tuvieran sus costumbres señoriales de antaño, quedándose con lo malo. Le gustaba que le sirvieran incluso cuando no era necesario; teniendo los fósforos sobre la mesa, al alcance de la mano, y viéndolos él, gritaba al camarero que se los diera; en la habitación del hotel, no se cohibía de andar en ropas menores delante de la camarera; tuteaba a todos los sirvientes, sin distinción, incluso a los viejos; y si se enfadaba, los llamaba torpes e idiotas.

A juicio de Andrei Efímich, todo esto era atildado y repugnante.

Ante todo, Mijaíl Averiánich llevó a su amigo a ver la virgen de Iverskaia. Oró fervorosamente, con genuflexiones hasta el suelo e incluso derramando lágrimas. Al terminar suspiró profundamente y dijo:

—Aunque uno no crea, siempre se queda más tranquilo rezando. Bésela, amigo.

El médico, un tanto confuso, besó la imagen. Mijaíl Averiánich, alargando los labios y moviendo la cabeza, musitaba una oración mientras las lágrimas acudían de nuevo a sus ojos.

Después estuvieron en el Kremlin, vieron allí el Rey de los Cañones y la Reina de las Campanas, llegando incluso a tocarlos; admiraron el paisaje que ofrecía el barrio de Zamoskvorechie; y visitaron el templo del Salvador y el Museo Rumiantsev.

Almorzaron en el restaurante Testov. Mijaíl Averiánich estuvo un buen rato contemplando la carta y acariciándose al mismo tiempo las patillas; y por último dijo en el tono de un gourmet acostumbrado a sentirse en tales restaurantes como en su propia casa:

—Vamos a ver qué nos da usted hoy, ángel.

XIV

El doctor iba de acá para allá, miraba, comía, bebía. Pero su única sensación era de fastidio contra Mijaíl Averiánich. Ansiaba descansar de su amigo, huir de su compañía, ocultarse. Y el amigo se consideraba obligado a no dejarle solo un instante y a procurarle el mayor número de distracciones.

Cuando no tenían nada que ver, le distraía con su conversación. Andrei Efímich aguantó dos días, pero al tercero declaró al amigo que se sentía indispuesto y deseaba quedarse en la habitación; a lo que respondió aquél diciendo que, en tal caso, también él se quedaría: era necesario descansar, pues de otro modo iban a perder hasta el aliento. Andrei Efímich se tendió en el diván, de cara a la pared; y, apretando los dientes, estuvo oyendo al militar, quien aseguraba que Francia, más tarde o más temprano, destruiría a Alemania; que en Moscú había muchos granujas; y que por la figura de un caballo no podían apreciarse sus cualidades. Al doctor comenzaron a zumbarle los oídos y se le aceleraron las palpitaciones del corazón; pero no se atrevió, por delicadeza, a pedir al otro que se fuese o se callase.

Afortunadamente, Mijaíl Averiánich terminó aburriéndose de estar en la habitación y se marchó, después de comer, a dar un paseo.

Cuando se vio solo, Andrei Efímich se entregó al descanso. ¡Qué agrado estar inmóvil en el diván y saberse solo en la habitación! No era posible la dicha completa sin la soledad. El ángel caído debió traicionar a Dios porque deseaba la soledad, que los ángeles desconocen. El doctor hubiera querido pensar en lo visto y oído en los últimos días, pero Mijaíl Averiánich no se le iba de la imaginación.

"La cosa es que ha tomado sus vacaciones y se ha venido conmigo por amistad, por generosidad —pensaba el doctor con enfado—. No hay nada peor que esta especie de tutela amistosa. Parece bueno, magnánimo y alegre; pero es aburridísimo. Insoportablemente aburrido. Así son los que siempre pronuncian bellas frases; pero uno se da cuenta de que son unos brutos".

Al día siguiente, Andrei Efímich pretextó hallarse enfermo y no salió de la habitación. Tendido en el diván, de cara a la pared, sufría cuando el amigo trataba de distraerle, charlando o descansaba en su ausencia. Tan pronto se enojaba consigo mismo por haber emprendido el viaje con su amigo, cada día más charlatán y desenvuelto. Y no lograba pensar en nada serio o elevado.

"Me está castigando la realidad de que hablaba Iván Dimítrich —pensaba, disgustado por su quisquillosería—. Aunque, por otra parte, todo es pura bobada... Cuando vuelva a casa, las cosas volverán a su cauce".

Y en San Petersburgo, igual: días enteros sin salir de la habitación, echado en el diván, del que sólo se levantaba para beber cerveza.

Mijaíl Averiánich se daba prisa para irse a Varsovia.

—Pero, querido, ¿qué tengo yo que hacer allí? —protestaba Andrei Efímich con voz suplicante—. ¡Váyase solo y permítame que yo me vuelva a casa! ¡Por favor!

—¡De ninguna manera! —exclamaba Mijaíl Averiánich—. ¡Es una ciudad maravillosa! Yo pasé en ella los cinco años más felices de mi vida.

Como al doctor le faltaba carácter para mantenerse en lo suyo, se fue a Varsovia, aunque a regañadientes. Tampoco allí salió de la habitación del hotel; también permaneció tendido en el diván; y también se enojó consigo mismo y con su amigo, además de con los mozos, que se resistían a comprender el ruso. Y Mijaíl Averiánich, sano, optimista y alegre como de ordinario, andaba siempre por la ciudad buscando a sus viejos amigos. Pasó varias noches fuera del hotel. Después de una de estas noches, regresó por la mañana temprano, en estado de fuerte alteración, rojo y despeinado.

Recorrió largo tiempo la pieza yendo de un rincón a otro, gruñendo para sí; y por último se detuvo y dijo:

—¡El honor ante todo!

Después volvió a andar un poco; y, agarrándose la cabeza con las dos manos, pronunció, trágico:

—¡Sí, el honor ante todo! ¡Maldita sea la hora en que se me ocurrió venir a esta Babilonia! Querido amigo —dirigiéndose al doctor—, desprécieme usted: he perdido a las cartas. Présteme 500 rublos.

Andrei Efímich contó la suma pedida; y, sin decir palabra, se la dio a su amigo. Éste, rojo todavía de vergüenza y de cólera, barbotó un juramento tan incoherente como innecesario, se encasquetó la gorra y salió. Volvió dos horas más tarde, se desplomó en un sillón; y, suspirando profundamente, dijo:

—¡El honor está a salvo! Vámonos de aquí, amigo mío. No quiero estar ni un minuto más en esta maldita tierra. ¡Granujas! ¡Espías austríacos!

Cuando los dos regresaron a la ciudad de su residencia, era ya noviembre; y las calles aparecían cubiertas de nieve. El puesto de Andrei Efímich estaba ya ocupado por Jobotov, que vivía en su viejo domicilio, esperando a que llegase Andrei Efímich y desalojara el piso cedido por el hospital. La fea mujer a la que él llamaba "cocinera" habitaba ya en uno de los pabellones.

Corrían por la ciudad nuevos chismes acerca del hospital.

Se murmuraba que la fea había reñido con el inspector; y que éste se arrastraba ante ella, pidiéndole perdón.

Andrei Efímich tuvo que buscar nuevo alojamiento el primer día de su regreso.

—Querido amigo —le preguntó tímidamente el jefe de correos—. Perdone si la pregunta es indiscreta: ¿de qué medios dispone usted?

El médico contó en silencio su dinero y respondió:

—Ochenta y seis rublos.

—No le pregunto lo que lleva encima —murmuró, confuso, Mijaíl Averiánich—. Le pregunto qué recursos tiene usted, en general.

—Pues eso es lo que le digo: 86 rublos... No dispongo de nada más.

Mijaíl Averiánich consideraba al doctor persona honesta y noble; pero le atribuía un capital de 20.000 rublos como mínimo. Ahora, al enterarse de que era casi un mendigo, sin ningún medio de vida, se echó a llorar y abrazó a su amigo.

XV

Andrei Efímich se mudó a una casita de tres ventanas, propiedad de una tal Bielova, en la que había tres habitaciones sin contar la cocina. Dos de ellas las ocupaba el doctor; y en la tercera y en la cocina vivían Dariushka y la dueña, con sus tres niños. De cuando en cuando, el amante de Bielova venía a pasar la noche con ella. Era un mujik borracho, que escandalizaba e infundía pánico a Dariushka y a los niños. Cuando llegaba y, sentado en la cocina, exigía vodka, todos se asustaban; y el doctor, movido a compasión, recogía a los niños, atemorizados y llorosos, acostándolos en el suelo de una de sus habitaciones, lo que le causaba honda satisfacción.

Seguía levantándose a las ocho; y, después de desayunar, se sentaba a leer sus viejos libros y revistas, puesto que carecía de dinero para comprar nuevos. Ya fuese porque los libros eran viejos o por el cambio de situación, lo cierto es que la lectura, lejos de cautivarle como antes, hasta le fatigaba.

Para no caer en la ociosidad completa, compuso un catálogo detallado de sus libros y pegó a todos unos papelitos en las pastas.

Y esta labor, mecánica y minuciosa, le parecía más amena que la lectura: con su monotonía y minuciosidad, abstraía su pensamiento de un modo incomprensible, impidiéndole la reflexión y haciendo más breve el tiempo. Hasta pelar patatas con Dariushka en la cocina o limpiar el alforfón se le hacía más entretenido que leer. Iba a la iglesia los sábados y los domingos. De pie junto a la pared y con los ojos entornados, oía cantar y pensaba en su padre, en su madre, en la universidad, en las religiones.

Se sentía tranquilo, triste; y al salir de la iglesia, lamentaba que la misa hubiera terminado tan pronto.

Fue dos veces al hospital para visitar a Iván Dimítrich y charlar con él.

Pero en ambas ocasiones, Iván Dimítrich, muy excitado y furioso, gritó que le dejara en paz, que ya estaba harto de tanto charlar y que por todos los sufrimientos que atravesaba, sólo pedía a la maldita gente una recompensa: que le encerrasen solo. ¿Es que le iban a negar incluso aquello? Las dos noches, cuando Andrei Efímich se despidió, deseándole buenas noches, el loco se enfureció y gritó:

—¡Al diablo!

Andrei Efímich no sabía ya si ir a verle por tercera vez. Y sentía deseo de ir. En otros tiempos, Andrei Efímich, al terminar el almuerzo paseaba por las habitaciones pensando en cosas elevadas. Ahora, en cambio, se pasaba desde el almuerzo hasta la cena acostado en el diván, de cara al respaldo, y entregado a pensamientos mezquinos, que no podía apartar de su imaginación. Le dolía que, habiendo prestado servicio durante más de veinte años, no le hubiesen concedido pensión alguna, ni le hubieran dado aunque sólo fuese una gratificación.

Cierto que no había servido honradamente; mas también era cierto que las pensiones se otorgaban a todos los empleados, honestos o no. La justicia moderna consistía en que los rangos, las condecoraciones y los subsidios no se concedían a las cualidades morales, sino al servicio en general, cualquiera que fuese. ¿Por qué razón debían hacer una excepción con él? Ya no le quedaba dinero. Le daba vergüenza pasar junto a la tienda y mirar a la dueña: debía ya 32 rublos de cerveza. También estaba en deuda con el ama de la casa. Dariushka vendía a hurtadillas los viejos libros y la ropa; y engañaba a la dueña diciéndole que el doctor iba a recibir pronto mucho dinero.

Andrei Efímich no podía perdonarse haber gastado en el viaje 1.000 rublos, producto de sus ahorros. ¡Qué buen servicio le harían ahora! Le molestaba que la gente no le dejase en paz. Jobotov se creía obligado a visitar de vez en cuando al colega enfermo. Todo él le resultaba antipático a Andrei Efímich: su cara de hartazgo, su tono de condescendencia, su trato de "colega" y hasta sus botas altas. Y lo más desagradable era que se considerase en el deber de cuidar a Andrei Efímich y que pensase que, verdaderamente, lo estaba curando. A cada visita le traía un frasco de bromuro de potasio y píldoras de ruibarbo.

También Mijaíl Averiánich se creía en la obligación de visitar y distraer al amigo. Siempre entraba en casa de éste, con afectada desenvoltura, riendo forzadamente y tratando de hacerle creer que tenía un aspecto magnífico y que, a Dios gracias, su estado iba mejorando; de donde podía deducirse que consideraba desesperada la situación de su amigo. Como no le había pagado la deuda de Varsovia, y se sentía confuso y abochornado por ello, trataba de reír con más fuerza y contar las cosas más cómicas. Sus anécdotas y chistes parecían ahora interminables; y eran un tormento para Andrei Efímich y para él mismo.

En su presencia, Andrei Efímich solía tenderse en el diván, de cara a la pared, y escucharle apretando los dientes. Iban sedimentándose en su alma capas de hastío; y a cada visita del amigo, el médico notaba que los sedimentos iban subiendo y llegándole casi a la garganta.

Para ahogar los sentimientos mezquinos, Andrei Efímich se apresuraba a considerar que él mismo y Jobotov y Mijaíl

Averiánich perecerían tarde o temprano, sin dejar en la naturaleza rastro de su paso. Suponiendo que dentro de un millón de años pasase junto a la tierra algún espíritu, no vería en ella sino arcilla y peñas desnudas. Todo, incluso la cultura y las leyes morales, desaparecería; y no crecería ni siquiera la hierba. ¿Qué importaba la vergüenza ante el tendero, o el miserable Jobotov, o la fatigosa amistad de Mijaíl Averiánich? Todo era tontería, nimiedad.

Pero tales razonamientos no servían ya de nada. Apenas se ponía a pensar en lo que sería el globo terráqueo dentro de un millón de años, detrás de una peña desnuda aparecía Jobotov con sus botas altas o salía Mijaíl Averiánich con su risa forzada; incluso se oía su voz queda y cohibida:

"La deuda de Varsovia se la pagaré uno de estos días, amigo... Se la pagaré sin falta".

XVI

Una vez, Mijaíl Averiánich llegó después del almuerzo, estando Andrei Efímich tendido en el diván. Y su llegada coincidió con la de Jobotov, que se presentó a la misma hora, con un frasco de bromuro de potasio. Andrei Efímich se incorporó pesadamente, se sentó; y quedó con ambas manos apoyadas en el diván.

Hoy, querido amigo —comenzó el jefe de correos—, tiene usted un color mucho más lozano que el de ayer. ¡Está usted hecho un valiente! ¡De veras que es usted un valiente!

—Ya es hora de ponerse bien, colega, ya es hora —intervino Jobotov bostezando—. De fijo que usted mismo estará ya harto de este desorden...

—¡Y se pondrá bueno! —exclamó alegremente Mijaíl Averiánich—. Vivirá cien años todavía. ¡Ni uno menos!

—Cien, quizá no; pero para veinte le sobra cuerda —habló, consolador Jobotov-. Esto no es nada, colega, no se amilane... No oscurezca usted las cosas.

—Todavía daremos que hablar -rió Mijaíl Averiánich a carcajadas; y dio a su amigo unas palmadas en la rodilla-. ¡Daremos que hablar! El verano que viene, Dios mediante, nos vamos al Cáucaso y lo recorremos todo a caballo: ¡hop, hop, hop! Y apenas volvamos del Cáucaso, celebraremos la boda —Mijaíl Averiánich hizo un guiño malicioso—. ¡Le casaremos a usted, querido amigo! Le casaremos...

Andrei Efímich notó, repentinamente, que el sedimento le llegaba a la garganta. El corazón comenzó a palpitarle con latido acelerado.

—¡Qué bajeza! —exclamó levantándose rápidamente y retirándose a la ventana—. ¿No comprenden ustedes que es una bajeza lo que dicen?

Quiso luego dulcificar el tono; pero sin poderse contener, en un arranque superior a su voluntad, cerró los puños y los levantó por encima de su cabeza.

—¡Déjenme tranquilo! —gritó con voz extraña, rojo y tembloroso-. ¡Fuera!

¡Fuera los dos!

Mijaíl Averiánich y Jobotov se levantaron; y le miraron, con perplejidad al principio y con miedo después.

—¡Fuera los dos! —continuó gritando Andrei Efímich—. ¡Torpes! ¡Estúpidos! ¡No necesito ni tu amistad ni tus mejunjes, idiota! ¡Qué bajeza! ¡Qué asco!

Jobotov y el jefe de correos se miraron, aturdidos; retrocedieron hacia la puerta y salieron al zaguán. Andrei Efímich agarró el frasco de la medicina y se lo tiró. El cristal sonó al romperse en el umbral.

—¡Váyanse al diablo! —les gritó Andrei Efímich, con voz llorosa, saliendo al zaguán—. ¡Al diablo!

Cuando los visitantes se hubieron marchado, el viejo médico, temblando como un palúdico, se tendió en el diván; y continuó repitiendo largo tiempo:

—¡Torpes! ¡Estúpidos!

Una vez que se calmó, lo primero que le vino a la mente fue que el pobre Mijaíl Averiánich debía estar horriblemente avergonzado y entristecido; y que todo aquello era espanto-so. Jamás le había sucedido nada semejante. ¿Dónde esta-ban la discreción y el tacto? ¿Dónde, la interpretación de las cosas y la ecuanimidad filosófica?

Lleno de vergüenza y de enojo contra sí mismo, no pudo dormir en toda la noche. Y por la mañana, a eso de las diez, se encaminó a la oficina de correos y pidió perdón a Mijaíl Averiánich.

—Olvidemos lo ocurrido —dijo éste, suspirando con-movido, y apretándole la mano—. Al que recuerde lo viejo se le saltará un ojo. ¡Lubavkin! —gritó de repente con tanta fuerza, que todos los empleados y visitantes se estremecie-ron—. ¡A ver, trae una silla! ¡Y tú, espera! —gritó a una mujerzuela que a través de la reja le tendía una carta cer-tificada—. ¿Es que no ves que estoy ocupado? No vamos a recordar lo pasado —prosiguió afectuoso, dirigiéndose a Andrei Efímich—. Siéntese, por favor, querido.

Durante unos segundos de silencio, se pasó las manos por ambas rodillas y luego dijo:

—Ni por asomo se me ha ocurrido enfadarme con usted. Una enfermedad no es un dulce. Lo comprendo de sobra. El ataque de ayer nos asustó al doctor y a mí. Estuvimos hablando de usted largo rato. Querido amigo: ¿qué razón hay para que se resista usted a tomar en serio su enferme-dad? ¿Cómo es posible ese abandono? Perdone la franqueza de un amigo —susurró Mijaíl Averiánich—. Vive usted en las condiciones más desfavorables: estrechez, suciedad, des-cuido, falta de medios para tratarse... Querido: el doctor y yo le pedimos de todo corazón que acepte nuestro consejo. Ingrese en el hospital. Allí tendrá buena alimentación, cui-dados, un tratamiento. Evgueni Fiodorich, aunque hombre de *mauvais ton*8, dicho sea entre nosotros, es entendido en medicina y podemos confiar en él. Me ha dado palabra de ocuparse de usted.

---

8 Mala educación.

Andrei Efímich se enterneció, al ver la sincera preocupación y las lágrimas que brillaron en las mejillas del jefe de correos.

—Respetable Mijaíl Averiánich —murmuró, poniendo la mano en el corazón—. ¡No les crea! ¡Es un engaño! Mi única enfermedad consiste en que durante veinte años no he encontrado en la ciudad más que una persona inteligente, y la única que he hallado está loca. No hay dolencia alguna; pero he caído en un círculo vicioso, del que no se puede salir. Ahora bien: como me da igual, estoy dispuesto a todo.

—Ingrese en el hospital, querido.

—Me es indiferente. En el hospital o en el hoyo.

—Déme su palabra de que va a obedecer en todo a Evgueni Fiodorich.

—Bueno, pues le doy mi palabra. Sin embargo, le repito que he caído en un círculo vicioso. Todo, incluso la sincera compasión de mis amigos, conduce ahora a mi perdición. Voy a perderme y tengo el valor de reconocerlo.

—Allí sanará, amigo mío.

—¿Para qué hablar? —se excitó Andrei Efímich-. Rara es la persona que al final de su vida no experimenta lo que yo ahora. Cuando le digan que está usted enfermo de los riñones o que tiene dilatado el corazón, y que se ponga en tratamiento, o cuando le declaren loco o delincuente, o sea, cuando la gente repare su atención en usted, sepa que ha caído en un laberinto del que jamás saldrá. Y si lo intenta, se extraviará más aún. Claudique, porque ya no habrá fuerza humana que le salve. Así me parece a mí.

Entre tanto, ante la ventanilla iba reuniéndose público. Para no molestar, Andrei Efímich se levantó y se dispuso a despedirse. Mijaíl Averiánich volvió a pedirle su palabra de honor, y le acompañó hasta la puerta de la calle.

Aquel mismo día, antes de que anocheciera, se presentó Jobotov en casa de Andrei Efímich. Llevaba pelliza y botas altas. Como si el día anterior no hubiese ocurrido nada, dijo, desenvuelto:

—Traigo un asunto para usted, colega: ¿aceptaría venir

conmigo a una consulta de médicos?

Pensando que Jobotov quería distraerle con un paseo, o acaso proporcionarle algún dinero con la anunciada consulta, Andrei Efímich se puso el abrigo y salió con el colega a la calle. Se alegraba de poder lavar su culpa de la víspera; y en el fondo de su alma, daba gracias a Jobotov, quien ni siquiera aludió al incidente que, por lo visto, le había perdonado. De una persona tan mal educada era difícil esperar tanta delicadeza.

—¿Dónde está el enfermo? —inquirió Andrei Efímich.

—En el hospital. Hace tiempo que deseaba mostrárselo. Es un caso interesantísimo.

Entraron en el patio y, dando la vuelta al pabellón principal, se dirigieron al de los alienados. Todo ello, sin decir palabra, por algún oculto motivo. Cuando pasaron al zaguán, Nikita, siguiendo su costumbre, se levantó de un salto y se puso firme.

—Hay aquí uno al que se le han apreciado ciertas anormalidades en los pulmones —declaró Jobotov a media voz, entrando en el pabellón con Andrei Efímich—. Espere un momento, que en seguida vuelvo. Voy por el estetoscopio.

Y salió.

XVII

Ya oscurecía. Iván Dimítrich estaba tendido en su cama con la cara hundida en la almohada. El paralítico, sentado e inmóvil, lloriqueaba moviendo los labios. El *mujik* gordo y el antiguo empleado de correos dormían. Reinaba el silencio.

Andrei Efímich se puso a esperar, sentado en la cama de Iván Dimítrich. Pero transcurrió media hora, y en lugar de Jobotov entró Nikita llevando una bata, ropa interior y unos zapatos.

—Ya puede vestirse su señoría -dijo sin alzar la voz—.

Esta es su cama —agregó indicando una cama vacía que, probablemente, llevaba poco tiempo allí—. No se apure. Con ayuda de Dios se pondrá bien.

Andrei Efímich lo comprendió todo. Sin despegar los labios se dirigió a la cama que le indicara Nikita y se sentó en ella. Viendo que el loquero esperaba, se desnudó por completo y sintió vergüenza. Después se puso la ropa del hospital: los calzoncillos eran cortos; el camisón, largo; y la bata apestaba a pescado ahumado.

—Si Dios quiere, sanará usted —repitió Nikita. Y dicho esto, recogió la ropa de Andrei Efímich y salió, cerrando la puerta.

"Da lo mismo... —pensó Andrei Efímich arrebuján-dose, cohibido, en el batín y notando que, con su nueva indumentaria, tenía el aspecto de un presidiario—. Da lo mismo... Igual es un frac que un uniforme o que esta bata".

Pero ¿y el reloj?, ¿y el cuaderno de notas que llevaba en el bolsillo de la chaqueta?, ¿y los cigarrillos?, ¿y adónde se había llevado Nikita la ropa?

Seguro que hasta la muerte no se pondría más un pan-talón, un chaleco ni unas botas. Todo ello se le antojaba extraño y hasta incomprensible. Andrei Efímich seguía con-vencido de que entre la casa de Bielova y el pabellón número seis no existía diferencia alguna; y de que, en el mundo, todo era tontería, vanidad de vanidades; pero las manos le temblaban, sentía frío en las piernas y se horrorizaba al pen-sar que Iván Dimitrich se levantaría pronto y le vería vestido con aquel batín. Poniéndose en pie, dio un paseo por el pabellón y volvió a sentarse.

Así permaneció media hora, una hora, terriblemente abu-rrido. ¿Sería posible vivir allí un día entero, una semana e incluso años, como aquellos seres? Él había estado sentado; luego se había levantado, dando una vuelta y sentándose de nuevo; aun podía ir a mirar por la ventana y pasearse una vez más de rincón a rincón; pero ¿y después?, ¿iba a estarse eternamente allí, como una estatua y cavilando? No, imposible.

Andrei Efímich se acostó; pero se levantó al instante, se enjugó el sudor frío de la frente con la manga; y notó que toda la cara había comenzado a olerle a pescado ahumado. Confuso, dio otro paseo.

—Aquí hay una confusión —dijo abriendo los brazos con perplejidad—. Hay que aclarar las cosas. Esto es una equivocación...

En este momento despertó Iván Dimítrich. Se sentó y apoyó la cara en los dos puños. Escupió después, miró perezosamente al doctor; y, por lo visto, no se percató de pronto de lo que veía; pero luego su rostro soñoliento se tornó burlón y malévolo.

—¡Ah, de manera que también a usted le han metido aquí! —exclamó con voz ronca de sueño, entornando un ojo—. Pues me alegro mucho. Antes le chupaba usted la sangre a los demás, y ahora se han cambiado las tornas. ¡Estupendo!

—Es una confusión —respondió Andrei Efímich asustado de las palabras de Iván Dimítrich—. Alguna confusión... —repitió, encogiendo los hombros, como extrañado.

Iván Dimítrich escupió de nuevo y se acostó.

—¡Maldita vida! —refunfuñó—. Y lo más amargo y enojoso es que esta vida no terminará con una recompensa por los sufrimientos soportados, ni con una apoteosis, como las óperas, sino con la muerte. Vendrán unos *mujiks* y, agarrando el cadáver de los brazos y las piernas, se lo llevarán al sótano. ¡Brrr! Bueno, qué le vamos a hacer... En el otro mundo será la nuestra... Desde allí vendré en forma de espectro para asustar a estos bichos... Haré que les salgan canas.

En esto regresó Moiseika y, al ver al doctor, le tendió la mano:

—Dame una *kopeka*.

XVIII

Andrei Efímich se acercó a la ventana y miró al campo. El crepúsculo había proyectado ya sus sombras, y en el horizonte, por la derecha, asomaba la luna, fría y purpúrea. A cosa de 200 metros de la valla del hospital se alzaba un alto edificio blanco circundado por una muralla de piedra. Era la cárcel.

—¡Ésa es la realidad! —dijo para sí Andrei Efímich, atemorizado.

Infundían temor la luna y la cárcel, los clavos de la valla y la llama lejana de una fábrica. Andrei Efímich volvió la cara y vio a un hombre con resplandecientes estrellas y condecoraciones en el pecho, que sonreía y guiñaba un ojo maliciosamente. Y también esto le pareció horrible.

Trató de convencerse a sí mismo de que ni la luna ni la cárcel tenían nada de particular y consideró que incluso personas en su cabal juicio llevaban condecoraciones y que, con el tiempo, todo perecería y se convertiría en polvo; pero de pronto se apoderó de él la desesperación; asiéndose a los barrotes con ambas manos, zarandeó fuertemente la reja.

Ésta, sin embargo, era resistente y no cedió.

Después, para disipar un poco sus temores, Andrei Efímich se fue a la cama de Iván Dimítrich y se sentó en ella.

—Mi ánimo ha decaído, amigo —masculló, temblando y secándose el sudor frío—. Ha decaído.

—Pues consuélese filosofando —respondió, sarcástico, Iván Dimítrich.

—¡Dios mío, Dios mío!... Sí, Sí... Usted dijo en cierta ocasión que en Rusia no hay filosofía, pero que filosofa todo el mundo, incluso la gentuza.

Ahora bien: a nadie perjudica la gentuza cuando filosofa —dijo Andrei Efímich, como con ganas de llorar y de provocar compasión—. ¿A qué viene, querido, esa risa maligna? ¿Y cómo no va a filosofar la gentuza si no está satisfecha?

Un hombre inteligente, instruido, altivo, libre, semejanza de Dios, no tiene otro remedio que irse de médico a un villorrio sucio y estúpido, pasándose la vida entre ventosas, sanguijuelas y sinapismos. ¡Charlatanería, cerrazón, ruindad! ¡Oh, Dios mío!

—No dice usted más que sandeces. Si no le gustaba ser médico, podía haberse metido a ministro.

—A nada, a nada. Somos débiles, querido... Yo era impasible; razonaba de la manera más optimista y cuerda; y ha bastado que la vida me trate rudamente para hacerme perder el ánimo... para postrarme... Somos débiles. Somos despreciables... Y usted también lo es, querido. Es usted inteligente, noble; con la leche de su madre mamó afanes bondadosos, pero apenas penetró en la vida, se fatigó y se enfermó... ¡Somos débiles, somos débiles!...

Algo más, aparte del miedo y el enojo, inquietaba a Andrei Efímich desde que oscureció. Era algo inconcreto. Y por fin se dio cuenta de lo que era: quería beber cerveza y fumar.

—Yo me voy de aquí, querido —dijo al cabo de un instante—. Pediré que den la luz... No puedo seguir así... Me es imposible...

Andrei Efímich se dirigió a la puerta y la abrió, pero instantáneamente Nikita le cerró el paso:

—¿Adónde va usted? No se puede salir, no se puede. Es hora de dormir.

—Sólo un momento; deseo dar una vuelta por el patio —explicó Andrei Efímich.

—Imposible, imposible. Hay una orden de no dejar salir a nadie. Usted mismo lo sabe.

Nikita cerró la puerta y apretó la espalda contra ella.

—Pero si yo salgo, ¿a quién dañaré con ello? —preguntó Andrei Efímich encogiendo los hombros-. No lo comprendo. ¡Nikita, debo salir! ¡Lo necesito! —añadió, con voz temblona.

—¡No provoque desórdenes, mire que no está bien! —le aleccionó Nikita.

—¡Valiente diablo! —gruñó Iván Dimítrich, levantándose repentinamente—. ¿Qué derecho tiene éste a no dejarle
salir? ¿Por qué nos tienen encerrados aquí? Me parece que la
ley lo dice bien claro: nadie puede ser privado de su libertad
como no sea por los tribunales. ¡Esto es una arbitrariedad!
¡Esto es violencia!

—¡Arbitrariedad, arbitrariedad! —le secundó Andrei
Efímich alentado por los gritos de Iván Dimítrich—. ¡Tengo
necesidad de salir, y debo salir! ¡Nadie tiene derecho a impe-
dírmelo! ¡Te he dicho que me dejes salir!

—¿Lo oyes, bruto inmundo? —gritó Iván Dimítrich, y
se puso a golpear la puerta—. ¡Abre, o echo abajo la puerta!
¡Asesino!

—¡Abre! ¡Yo lo exijo! —gritó también Andrei Efímich,
temblando de arriba abajo.

—Sigue hablando y verás —respondió Nikita desde el
otro lado de la puerta—. Sigue hablando.

—Por lo menos, llama a Evgueni Fiodorich. Dile que le
ruego que venga... un minuto.

—Mañana vendrá.

—No nos soltarán nunca —dijo Iván Dimítrich—. Nos
pudriremos aquí. ¡Dios de los cielos! ¿Será posible que no
haya en el otro mundo un infierno y que estos canallas se
queden sin ir a él? ¿Dónde está la justicia? ¡Abre, granuja,
que me asfixio! gritó, ronco, y se arrojó contra la puerta—.
¡Me romperé la cabeza! ¡Asesinos!

Nikita abrió inopinadamente la puerta, dio un rudo
empujón a Andrei Efímich con ambas manos y con
la rodilla, y luego, volteando el brazo, le descargó un
puñetazo en plena cara. Andrei Efímich creyó que una
enorme ola salada le había envuelto arrastrándole hasta
la cama. Notó en la boca un gusto salobre: probablemente era sangre de los dientes. Como si tratase de salir
de la ola, agitó los brazos y se asió a la cama, pero en
aquel momento sintió que Nikita le asestaba otros dos
golpes en la espalda.

Oyó al instante gritos de Iván Dimítrich. También debían estar pegándole.

Después, todo quedó en silencio. La difusa luz de la luna penetraba por la reja, proyectando en el suelo la sombra de una red. Daba miedo. Andrei Efímich, tendido en la cama y contenida la respiración, esperaba horrorizado nuevos golpes. Diríase que alguien le hubiera clavado una hoz, retorciéndosela varias veces en el pecho y en el vientre. El dolor le hizo morder la almohada y apretar los dientes. Y de pronto, entre el caos reinante en su cabeza, se abrió paso una idea horrible, sobrecogedora: aquellos hombres, que ahora semejaban sombras negras a la luz de la luna, habían padecido el mismo dolor años enteros, día tras día.

¿Cómo había sido posible que él no lo supiera, ni quisiera saberlo, durante más de veinte años? Él lo ignoraba, desconocía la existencia de aquel sufrimiento. Por consiguiente, no era culpable. Pero la conciencia, tan incomprensiva y tan ruda como Nikita, le hizo helarse de la cabeza a los pies. Saltó de la cama, quiso gritar con toda la fuerza de sus pulmones y correr a matar a Nikita, a Jobotov, al inspector y al practicante, suicidándose luego; mas su pecho no emitió sonido alguno, y las piernas no le obedecieron. Jadeante y furioso, Andrei Efímich desgarró sobre su pecho la bata y el camisón y, después de hacerlos jirones, perdió el conocimiento y se desplomó en la cama.

XIX

A la mañana siguiente le dolía la cabeza, le zumbaban los oídos y se sentía muy decaído. No se avergonzaba al recordar su debilidad de la víspera. Había sido un pusilánime, tuvo miedo hasta de la luna y puso de manifiesto sentimientos e ideas que jamás había imaginado tener: por ejemplo, la idea de la insatisfacción de la gentuza filosofante. Pero ahora todo le importaba poco.

No comía, no bebía, yacía inmóvil y callaba.

"Nada me importaba —pensaba cuando le preguntaban algo—. No voy a contestar... Me da igual".

Después de almorzar llegó Mijaíl Averiánich y le trajo un paquete de té y una libra de mermelada. También fue a visitarle Dariushka, que permaneció una hora entera de pie junto a la cama, con una expresión de amargura en el semblante. Acudió, asimismo, el doctor Jobotov, quien trajo el consabido frasco de bromuro de potasio y ordenó a Nikita que sahumara el pabellón con algo.

Antes de que anocheciera, Andrei Efímich murió de una apoplejía. Al principio notó escalofríos penetrantes y fuertes náuseas. Le pareció que algo repugnante se le expandía por el cuerpo, hasta los dedos y, partiendo del estómago en dirección a la cabeza, le inundaba los ojos y los oídos. Una capa verde le veló los ojos. Andrei Efímich comprendió que había llegado su fin y recordó que Iván Dimítrich, Mijaíl Averiánich y millones de seres creían en la inmortalidad. ¿Y si, verdaderamente, existía? Pero él no deseaba la inmortalidad; y pensó en ella un instante tan sólo. Un rebaño de ciervos, de gracia y belleza excepcionales, cuya descripción había leído en un libro el día anterior, pasó junto a él; después, una mujerzuela le tendió la mano con una carta certificada... Mijaíl Averiánich pronunció unas palabras. Luego desapareció todo; y Andrei Efímich se durmió para siempre.

Llegaron unos *mujiks*, lo asieron de los brazos y de las piernas y se lo llevaron en volandas a la capilla. Allí estuvo tendido en una mesa, con los ojos abiertos, iluminado por la luna. A la mañana siguiente, Serguei Sergueich oró muy devotamente ante el crucifijo y cerró los ojos a su antiguo jefe.

El entierro fue un día después. Asistieron solamente Mijaíl Averiánich y Dariushka.

Tristeza

¿A quién confiaré mi tristeza?
Libro de Salmos

La capital está envuelta en las penumbras vespertinas. La nieve cae lentamente en gruesos copos, gira alrededor de los faroles encendidos, extiende su capa fina y blanda sobre los tejados, sobre los lomos de los caballos, sobre los hombros humanos, sobre los sombreros.

El cochero Iona está todo blanco, como un aparecido. Sentado en el pescante de su trineo, encorvado el cuerpo cuanto puede estarlo un cuerpo humano, permanece inmóvil. Se diría que ni un alud de nieve que le cayese encima lo sacaría de su quietud.

Su caballo está también blanco e inmóvil. Por su inmovilidad, por las líneas rígidas de su cuerpo, por la tiesura de palo de sus patas, aun mirado de cerca parece un caballo de dulce de los que se les compran a los chiquillos por una *kopeka*. Está sumido en sus reflexiones: un hombre o un caballo, arrancados del trabajo campestre y lanzados al infierno de una gran ciudad, como Iona y su caballo, están siempre entregados a tristes pensamientos. Es demasiado grande la diferencia entre la apacible vida rústica y la vida agitada, todo ruido y angustia, de las ciudades relumbrantes de luces.

Hace mucho tiempo que Iona y su caballo permanecen inmóviles. Han salido a la calle antes de almorzar; pero Iona no ha ganado nada.

Las sombras se van condensando. La luz de los faroles se va haciendo más intensa, más brillante. El ruido aumenta.

—¡Cochero! —oye de pronto Iona—. ¡Llévame a Viborgskaya!

Iona se estremece. A través de las pestañas cubiertas de nieve ve. a un militar con impermeable.

—¿Oyes? ¡A Viborgskaya! ¿Estás dormido?

Iona le da un latigazo al caballo, que se sacude la nieve del lomo. El militar toma asiento en el trineo. El cochero arrea al caballo, estira el cuello como un cisne y agita el látigo. El caballo también estira el cuello, levanta las patas, y, sin apresurarse, se pone en marcha.

—¡Ten cuidado! —grita otro cochero invisible, con cólera—. ¡Nos vas a atropellar, imbécil! ¡A la derecha!

—¡Vaya un cochero! —dice el militar—. ¡A la derecha!

Siguen oyéndose los juramentos del cochero invisible. Un transeúnte que tropieza con el caballo de Iona gruñe amenazador. Iona, confuso, avergonzado, descarga algunos latigazos sobre el lomo del caballo. Parece aturdido, atontado, y mira alrededor como si acabara de despertar de un sueño profundo.

—¡Se diría que todo el mundo ha organizado una conspiración contra ti! —dice en tono irónico el militar—. Todos procuran fastidiarte, meterse entre las patas de tu caballo. ¡Una verdadera conspiración!

Iona vuelve la cabeza y abre la boca. Se ve que quiere decir algo; pero sus labios están como paralizados y no puede pronunciar una palabra.

El cliente advierte sus esfuerzos y pregunta:

—¿Qué hay?

Iona hace un nuevo esfuerzo y contesta con voz ahogada:

—Ya ve usted, señor... He perdido a mi hijo... Murió la semana pasada...

—¿De veras?... ¿Y de qué murió?

Iona, alentado por esta pregunta, se vuelve aún más hacia el cliente y dice:

—No lo sé... De una de tantas enfermedades... Ha estado tres meses en el hospital y finalmente... Dios que lo ha querido.

—¡A la derecha! —se oye de nuevo gritar furiosamente—. ¡Parece que estás ciego, imbécil!

—¡A ver! —dice el militar—. Ve un poco más aprisa. A este paso no llegaremos nunca. ¡Dale algún latigazo al caballo!

Iona estira de nuevo el cuello como un cisne, se levanta un poco, y de un modo torpe, pesado, agita el látigo.

Se vuelve repetidas veces hacia su cliente, deseoso de seguir la conversación; pero el otro ha cerrado los ojos y no parece dispuesto a escucharle.

Finalmente, llegan a Viborgskaya. El cochero se detiene ante la casa indicada; el cliente se apea. Iona vuelve a quedarse solo con su caballo. Estaciona ante una taberna y espera, sentado en el pescante, encorvado, inmóvil. De nuevo la nieve cubre su cuerpo y envuelve en un blanco cendal caballo y trineo.

Una hora, dos... ¡Nadie! ¡Ni un cliente!

Iona vuelve a estremecerse: ve detenerse ante él a tres jóvenes. Dos son altos, delgados; el tercero, bajo y jorobado.

—¡Cochero, llévanos al puesto de policía! ¡Veinte *kopekas* por los tres!

Iona agarra las riendas, se endereza. Veinte *kopekas* es demasiado poco; pero, no obstante, acepta; lo que a él le importa es tener clientes.

Los tres jóvenes, tropezando y jurando, se acercan al trineo. Como solo hay dos asientos, discuten largamente cuál de los tres tiene que ir de pie. Por fin se decide que vaya de pie el jorobado.

—¡Bueno; en marcha! —le grita el jorobado a Iona, colocándose a su espalda—. ¡Qué gorro llevas, muchacho! Me apuesto cualquier cosa a que en toda la capital no se puede encontrar un gorro más feo...

—¡El señor está de buen humor! —dice Iona con risa forzada—. Mi gorro...

—¡Bueno, bueno! Arrea un poco a tu caballo. A este paso no llegaremos nunca. Si no andas más aprisa te administraré unos cuantos sopapos.

—Me duele la cabeza —dice uno de los jóvenes—. Ayer, yo y Vaska nos bebimos en casa de Dukmasov cuatro botellas de vodka.

—¡Eso no es verdad! —responde el otro—. Eres un embustero, amigo, y sabes que nadie te cree.

—¡Palabra de honor!

—¡Oh, tu honor! No daría yo por él ni un céntimo.

Iona, deseoso de entablar conversación, vuelve la cabeza, y, enseñando los dientes, ríe afinadamente.

—¡Ji, ji, ji!... ¡Qué buen humor!

—¡Vamos, vejestorio! —grita enojado el jorobado—. ¿Quieres ir más aprisa o no? Dale firme a tu caballo perezoso. ¡Qué diablo!

Iona agita su látigo, agita las manos, agita todo el cuerpo. A pesar de todo, está contento; no está solo. Le riñen, lo insultan; pero, al menos, oye voces humanas. Los jóvenes gritan, juran, hablan de mujeres. En un momento que se le antoja oportuno, Iona se vuelve de nuevo hacia los clientes y dice:

—Y yo, señores, acabo de perder a mi hijo. Murió la semana pasada...

—¡Todos nos hemos de morir! —contesta el jorobado—. ¿Pero quieres ir más aprisa? ¡Esto es insoportable! Prefiero ir a pie.

—Si quieres que vaya más aprisa dale un sopapo —le aconseja uno de sus camaradas.

—¿Oye, viejo, estás enfermo? —grita el jorobado—. Te la vas a ganar si esto continúa.

Y, hablando así, le da un puñetazo en la espalda.

-¡Ji, ji, ji! -ríe, sin ganas, Iona-. ¡Dios les conserve el buen humor, señores!

-Cochero, ¿eres casado? -pregunta uno de los clientes.

-¿Yo? ¡Ji, ji, ji! ¡Qué señores más alegres! No, no tengo a nadie... Solo me espera la sepultura... Mi hijo ha muerto; pero a mí la muerte no me quiere. Se ha equivocado, y en lugar de cargar conmigo ha cargado con mi hijo.

Y vuelve de nuevo la cabeza para contar cómo ha muerto su hijo; pero en este momento el jorobado, lanzando un suspiro de satisfacción, exclama:

-¡Por fin, hemos llegado!

Iona recibe los veinte *kopekas* convenidos y los clientes se bajan. Los sigue con los ojos hasta que desaparecen por un pórtico.

Vuelve a quedarse solo con su caballo. La tristeza invade de nuevo, más dura, más cruel, su fatigado corazón. Observa a la multitud que pasa por la calle, como buscando entre los miles de transeúntes alguien que quiera escucharle. Pero la gente parece tener prisa y pasa sin fijarse en él.

Su tristeza a cada momento es más intensa. Enorme, infinita, si pudiera salir de su pecho inundaría al mundo entero.

Iona ve a un portero que se asoma a la puerta con un paquete y trata de entablar con él conversación.

—¿Qué hora es? —le pregunta, melifluo.

—Van a dar las diez —contesta el otro—. Aléjese un poco: no debe usted permanecer delante de la puerta.

Iona avanza un poco, se encorva de nuevo y se sume en sus tristes pensamientos. Se ha convencido de que es inútil dirigirse a la gente.

Pasa otra hora. Se siente muy mal y decide retirarse. Se yergue, agita el látigo.

—No puedo más —murmura—. Hay que irse a acostar.

El caballo, como si hubiera entendido las palabras de su viejo amo, emprende un presuroso trote.

Una hora después, Iona está en su casa, es decir, en una vasta y sucia habitación, donde, acostados en el suelo o en bancos, duermen docenas de cocheros. La atmósfera es pesada, irrespirable. Suenan ronquidos.

Iona se arrepiente de haber vuelto tan pronto. Además, no ha ganado casi nada. Quizá por eso —piensa— se siente tan desgraciado.

En un rincón, un joven cochero se incorpora. Se rasca la cabeza y busca algo con la mirada.

—¿Quieres beber? —le pregunta Iona.

—Sí.

—Aquí tienes agua... He perdido a mi hijo... ¿Lo sabías?... La semana pasada, en el hospital... ¡Qué desgracia!

Pero sus palabras no han producido efecto alguno. El cochero no le ha hecho caso, se ha vuelto a acostar, se ha tapado la cabeza con la colcha y momentos después se le oye roncar.

Iona exhala un suspiro. Experimenta una necesidad imperiosa, irresistible, de hablar de su desgracia. Casi ha transcurrido una semana desde la muerte de su hijo; pero no ha tenido aún ocasión de hablar de ella con una persona de corazón. Quisiera hablar de ella largamente, contarla con todos sus detalles. Necesita referir cómo enfermó su hijo, lo que ha sufrido, las palabras que ha pronunciado al morir. Quisiera también referir cómo ha sido el entierro... Su difunto hijo ha dejado en la aldea una niña de la que también quisiera hablar. ¡Tiene tantas cosas que contar! ¡Qué no daría él por encontrar alguien que se prestase a escucharlo, sacudiendo compasivamente la cabeza, suspirando, compadeciéndolo! Lo mejor sería contárselo todo a cualquier mujer de su aldea; a las mujeres, aunque sean tontas, les gusta eso, y basta decirles dos palabras para que viertan torrentes de lágrimas.

Iona decide ir a ver a su caballo.

Se viste y sale hacia el establo.

El caballo, inmóvil, come heno.

—¿Comes? —le dice Iona, dándole palmaditas en el lomo con los ojos húmedos—. ¿Qué se le va a hacer? Como no hemos ganado para comprar avena hay que contentarse con heno... Soy ya demasiado viejo para ganar mucho... A decir verdad, yo no debía ya trabajar; mi hijo me hubiera reemplazado. Era un verdadero y soberbio cochero; conocía su oficio como pocos. No le hacía falta más que vivir... Desgraciadamente, ha muerto...

Tras una corta pausa, Iona continúa:

—Sí, amiga... ha muerto... ¿Comprendes? Es como si tú tuvieras un hijo y se muriera... Así son las cosas, yeguita... Se nos ha ido Kuzma Ionich... Se fue para siempre... Se le ocurrió morirse así como así... Pongamos por ejemplo, tú tienes un potrillo... Eres la madre de ese potrillo... Y de repente el potrillo se te muere... Le tendrías mucha lástima, ¿verdad?... Naturalmente, sufrirías, ¿verdad?...

El caballo sigue comiendo heno, escucha a su viejo amo y exhala un aliento húmedo y cálido sobre sus manos.

Iona se deja llevar por sus propias palabras y se lo cuenta todo...

Cuentos de oficio
Reglas para autores noveles (Regalo de aniversario, en lugar de una caja de correo)

A toda criatura recién nacida se le debe lavar con empeño y, tras dejarla descansar de las primeras impresiones, azotarla fuertemente con las palabras: "¡No escribas! ¡No escribas! ¡No seas escritor!". Y si, a pesar de esa ejecución, la criatura empieza a revelar inclinaciones de escritor, pues se debe probar la caricia. Y si la caricia tampoco ayuda, entonces olvídese de él y escriba "caso perdido". La comezón de escritor es incurable.

El camino del escritor, de principio a fin, está lleno de espinas, clavos y ortigas, y por eso una persona de sano juicio debe apartarse por todos los medios de la escritura. Ahora bien, si el implacable destino, a pesar de todas las advertencias, empuja a alguien al camino de las letras, pues el desdichado, para atenuación de su interés, debe remitirse a las reglas siguientes:

1)Se debe recordar que la actividad literaria ocasional y la actividad literaria *à propos* es mejor que el ejercicio de la escritura constante. El inspector de tren que escribe versos vive mejor que el poeta que no trabaja de inspector.

2)Se debe asimismo fijar bien en la memoria que el fracaso en la palestra literaria es mil veces mejor que el éxito. El primero se castiga sólo con la desilusión y la agraviante sinceridad del buzón de correo, el segundo acarrea tras sí la fatigosa búsqueda del honorario, el cobro de un honorario con bonos a década y media, las "consecuencias" y los nuevos intentos.

3)La escritura como "el arte por el arte" es más ventajosa que la creación en pos del vil metal. Los escritores no compran casas, no van en *coupe* de primera clase, no juegan a la ruleta y no toman sopa de esturión. Su alimento es la miel y los acrídidos preparados en el hotel de Savrasiénkov, su vivienda las habitaciones amuebladas, su medio de transporte andar a pie.

4)La gloria es un parche chillón en los viejos harapos del cantor[9], y la celebridad literaria es pensable sólo en esos países, donde para entender la palabra "literato" no buscan en el *Diccionario de las 30.000 palabras extranjeras*.

5)Intentar escribir pueden todos, sin distinción de títulos, cultos, edades, sexos, grados de instrucción y situaciones familiares. No se prohíbe escribir incluso a los dementes, los amantes del arte escénico y los privados de todo derecho. Es deseable, por lo demás, que los escaladores del Parnaso sean, en lo posible, personas maduras, que sepan que las palabras "zafiro" y "zarpa" se escriben con "zeta".

6)Es deseable que éstos, en lo posible, no sean cadetes ni colegiales.

7)Se supone que el escritor, además de las comunes capacidades intelectuales, debe tener experiencia. El honorario

---

9 Cita parafraseada del poema de Pushkin "Conversación de un librero con un poeta" (1824).

más elevado lo reciben las personas que han atravesado múltiples dificultades, que están fogueadas, y los más bajos las naturalezas vírgenes y puras. Entre los primeros se encuentran: los casados por tercera vez, los suicidas fallidos, los que se han jugado hasta las medias, los que se batieron a duelo, los que se escaparon de las deudas, etc. Entre los segundos: los que no tienen deudas, los novios, los abstemios, las alumnas pupilas, etc.

8) Hacerse escritor no es nada difícil. No hay anormal que no encuentre su par, y no hay tontería que no encuentre su lector apropiado. Y por eso no te apoques... Pon el papel ante ti, toma la pluma en la mano y, excitando al pensamiento cautivo[10], escribe con libertad. Escribe de lo que quieras: de la ciruela pasa, del tiempo, del *kvas* de Govoróvski, del Océano Pacífico, de las agujas del reloj, de la nieve del año pasado... Cuando hayas terminado de escribir, toma en tus manos el manuscrito y, sintiendo en las venas un temblor sagrado, ve a la redacción. Tras quitarte los chanclos en el recibidor e informarte: "¿Está acaso el redactor?", entra al santuario y, lleno de esperanzas, entrega tu creación... Después de eso, acuéstate una semana en el diván de la casa, escupe al techo y deléitate con los sueños; a la semana, ve a la redacción y recibe tu manuscrito de vuelta. Tras esto sigue andando por las puertas de otras redacciones... Cuando todas las redacciones sean recorridas y el manuscrito no sea aceptado en ningún lugar, publica tu obra en una edición aparte. Se hallarán lectores.

9) Hacerse un escritor publicado y leído es muy difícil. Para eso: sé incondicionalmente instruido, y ten un talento del tamaño, siquiera, de un grano de lenteja. Por la ausencia de grandes talentos son apreciados los pequeños.

10) Sé honrado. No hagas pasar lo robado como tuyo, no publiques lo mismo en dos ediciones a la vez, no te hagas

---

10 Cita parafraseada del poema de Lermontov "No te creas a ti mismo" (1839).

pasar por Kúrochkin[11], y a Kúrochkin por ti, no llames original lo extranjero. En general, recuerda los diez mandamientos.

11)En el mundo editorial existe el decoro. Aquí, tanto como en la vida, no se recomienda pisar cualquier cayo, sonarse con un pañuelo ajeno, escupir en el plato ajeno y demás.

12)Si quieres escribir, pues procede así. Escoge primero el tema. Ahí se te da libertad absoluta. Puedes utilizar el abuso y hasta la arbitrariedad. Pero, para no descubrir América por segunda vez y no inventar la pólvora de nuevo, evita los temas que hace tiempo fueron recorridos.

13)Tras escoger el tema, toma en la mano una pluma no mohosa y, con una letra legible, sin garabatos, escribe lo deseado en una cara de la hoja, dejando la otra sin tocar. Lo último es deseable no tanto para el aumento de las ganancias de los fabricantes de papel como en vista de otros elevados motivos.

14)Al dar rienda suelta a la fantasía, retén la mano. No la dejes perseguir la cantidad de renglones. Mientras más breve y brusco escribas, más frecuente publicarán. La brevedad no estropea el asunto en absoluto. Una goma usada no borra mejor que una nueva.

15)Cuando termines de escribir, firma. Si no persigues la celebridad y temes que te peguen, utiliza un seudónimo. Pero recuerda que cualquiera sea la visera que te oculte del público, tu apellido y dirección deben ser conocidos por la redacción. Esto es necesario en caso de que el redactor quiera felicitarte por el Año Nuevo.

16)El honorario cóbralo al instante después de la publicación. Los adelantos evítalos. El adelanto es devorar el futuro.

17) Tras cobrar el honorario, haz con éste lo que quieras: cómprate un barco, seca un pantano, tómate fotografías,

---

11 V.S. Kúrochkin (1831-1875), poeta y traductor de orientación democrático-revolucionaria.

encarga una campana a la fábrica Finliandski, agranda tres veces el polisón de las mujeres, de tu esposa... en una palabra, lo que quieras. La redacción, al dar el honorario, da una libertad de acción absoluta. Por lo demás, si el colaborador desea presentar a la redacción la cuenta, por la que se verá cómo y dónde gastó su honorario, la redacción no va a tener nada en contra.

18)En conclusión, lee otra vez los primeros renglones de estas Reglas.

El escritor

En la habitación contigua a la tienda de té del comerciante Ershakov se hallaba, sentado tras un alto pupitre, el propio Ershakov, joven vestido a la moda pero mustio que, por lo visto, había tenido una vida tempestuosa. A juzgar por su escritura suelta y con bucles, sus rizos y su olor a cigarro, no era ajeno a la civilización europea. Pero emanó más cultura aun cuando de la tienda entró un niño e informó:

—¡Ha llegado el escritor!

—¡Ah!... Llámalo. Dile que deje las sandalias en la tienda.

Un minuto después entro en silencio a la habitación un viejo canoso y calvo con un abrigo rojizo y raído, con el rostro morado por la helada y con esa expresión de debilidad e inseguridad que suelen tener las personas que beben poco pero continuamente.

—Ah, mis respetos...—dijo Ershakov, sin mirar al recién ingresado—. ¿Qué cuenta de bueno, señor Géinim?

Ershakov mezclaba las palabras "genio" y "Heine", y las fundía en una sola, "Géinim", y así llamaba siempre al viejo.

—Pues bien, he traído un encarguito —respondió

Géinim-. Ya está listo…

—¿Tan rápido?

—En tres días, Zajar Semiónich, se puede escribir ya no un anuncio, sino una novela. Para un anuncio basta con una hora.

—¿Nada más? Y siempre andas regateando como si tomaras trabajo todo el tiempo. A ver, muéstrame, ¿qué has escrito?

Géinim sacó del bolsillo varios papelitos arrugados todos escritos a lápiz y se acercó al pupitre.

—Tengo además un esbozo, a grandes rasgos…—dijo—. Se lo leeré, usted preste atención e indíqueme si encuentra algún error. Equivocarse no tiene nada de extraño, Zajar Semiónich… ¿No lo cree? He estado escribiendo anuncios para tres tiendas… Hasta a Shakespeare le daría vueltas la cabeza.

Géinim se puso los anteojos, enarcó las cejas y comenzó a leer con voz triste y como declamando:

"Cosecha 1885-86. Proveedor de tés chinos en todas las ciudades de Rusia europea y asiática y del extranjero, Z.S.Ershakov. La firma existe desde 1884". Toda esta introducción, ¿comprende?, irá con ornamentos, entre escudos. Cuando preparé una publicidad a un mercader, este tomó para el anuncio los escudos de diferentes ciudades. Usted puede hacer lo mismo, y para usted he pensado el siguiente ornamento, Zajar Semiónich: un león con una lira entre los dientes. Ahora sigo: "Dos palabras a nuestros compradores. ¡Muy señores nuestros! Ni los acontecimientos políticos del último tiempo, ni el frío indiferentismo que penetra más y más en todos los sectores de nuestra sociedad, ni el descenso de las aguas del Volga señalado recientemente por lo mejor de nuestra prensa, nada nos perturba. La larga experiencia de nuestra firma y las simpatías que ya nos hemos ganado nos dan la posibilidad de mantenernos firmemente en el terreno y no modificar de una vez y para siempre el sistema establecido, tanto en lo que ataña a nuestras relaciones con

los dueños de las plantaciones de té como en el escrupulo-
so cumplimiento de los encargos. Nuestro lema es bastante
conocido. Podemos expresarlo en estas pocas pero importantes palabras: ¡idoneidad, baratura y rapidez!".

—¡Bien! ¡Muy bien! —lo interrumpió Ershakov, remo-
viéndose en la silla—. Ni siquiera esperaba que escribiera
algo así. ¡Qué bien! Solo que, querido amigo… aquí hay que
echar sombra de alguna manera, velar, hacer algo así como
un truco, ¿sabes?… Aquí publicamos que la firma acaba de
recibir una partida de tés frescos y primaverales de primera
selección de cosecha 1885… ¿no es cierto? Pero además hay
que mostrar que estos tés recién recibidos ya hace más de
tres meses que los tenemos en el depósito, pero, sin embargo, hacer ver que los hemos recibido de China recién la
semana pasada.

—Comprendo… El público no notará la contradicción.
Al comienzo del anuncio escribiremos que acabamos de
recibir los tés, pero en el final diremos así: "Contando con
grandes existencias de té pagadas según el antiguo arancel,
podemos venderlo, sin perjuicio para nuestros propios intereses, al precio de lista de tiempos anteriores". Bueno, y en
la otra página figurará la lista de precios. Allí también irán
escudos y ornamentos… Bajo ellos dirá con letras grandes:
"Lista de precios de tés seleccionados, aromáticos, de Fujián,
de Kiajta y Pekoe de la primera cosecha de primavera, pro-
cedentes de plantaciones recientemente adquiridas…". Y
luego: "Pedimos a los auténticos aficionados que presten
atención a los tés de Lian, entre los cuales goza de mayor
y merecida aceptación 'Emblema chino, o la envidia de los
competidores', a 3,50 rublos. De los tés frutales recomenda-
mos especialmente 'Rosa del Emperador', a 2 rublos, y 'Ojo
de China' a 1,80". Detrás de los precios irán en gallarda
los pesos y el costo de envío del té. Ahí pondremos lo del
descuento y los premios: "La mayoría de nuestros competidores, deseando atraer a los compradores, tiran la red en
forma de precios. Por nuestra parte, elevamos nuestra pro-

testa contra este método indignante y ofrecemos a nuestros compradores —no en forma de premios, sino gratis— todos los cebos con los que los competidores agasajan a sus víctimas. Todo el que compre en nuestra tienda por un mínimo de 50 rublos elige y recibe gratis una de las siguientes cinco cosas: una tetera de metal británico, cien tarjetas personales, un mapa de la ciudad de Moscú, un bote de té con forma de china desnuda y el libro 'El novio sorprendido, o la novia debajo de la tina, cuento de Don Juguetón Parrandero' ".

Después de terminar la lectura y hacer algunas correcciones, Géinim pasó rápidamente en limpio el anuncio y se lo entregó a Ershakov. Luego de eso se produjo un silencio... Ambos se sentían incómodos, como si hubieran cometido una vileza.

—El dinero por el trabajo, ¿manda que lo cobre ahora o más tarde? —preguntó Géinim, indeciso.

—Cuando quieras, por mí ahora mismo... —respondió Ershakov con desdén—. Ve a la tienda y toma lo que quieras por cinco rublos con cincuenta.

—Yo preferiría en efectivo, Zajar Semiónich.

—No tengo el hábito de pagar en efectivo. A todos les pago con té y azúcar; a usted, a los del coro de la iglesia, del que soy responsable, y a los barrenderos. Así hay menos borrachera.

—¿Acaso mi trabajo, Zajar Semiónich, puede compararse con el de los barrenderos y los cantores? El mío es un trabajo intelectual

—¡Vaya trabajo! Te sientas, escribes y listo. Los escritos no los comes ni los bebes... ¡Es como coser y cantar! No vale ni un rublo.

—Hum...Qué modo tiene de razonar sobre la escritura —se ofendió Géinim—. Que no la comes ni la bebes. Por lo visto, usted no entiende que mi alma ha sufrido mientras escribía ese anuncio. Escribes y sientes que estás engañando a toda Rusia. ¡Deme dinero, Zajar Semiónich!

—Me tienes harto, hermano. No está bien fastidiar así.

-Bueno, está bien. Tomaré azúcar entonces. Y sus mozos me la cobrarán a ocho *kopeka* la libra. En esta operación pierdo unas cuarenta kopekas, pero ¡qué le vamos a hacer! ¡Que lo pase bien!

Géinim se dio vuelta para salir, pero se detuvo en la puerta, suspiró y dijo sombríamente:

—¡Traiciono a Rusia! ¡A toda Rusia! ¡Traiciono a la patria por un pedazo de pan!

Y salió. Ershakov encendió un habano y su habitación olió aún más a hombre culto.

La lectura
(Relato de un perro viejo)

Una vez en el despacho de nuestro jefe Iván Petróvich Semipalátov se hallaba el empresario teatral local, Galamídov, y hablaba con aquel sobre la manera de actuar y la belleza de nuestras actrices.

—Pero yo no estoy de acuerdo con usted —decía Iván Petróvich mientras firmaba órdenes de pago-. ¡Sofía Iúrevna tiene un talento vigoroso, original! Es tan atractiva, graciosa... Tan encantadora...

Iván Petróvich quiso continuar, pero del entusiasmo no pudo decir una palabra y sonrío tan amplia y dulzonamente que el empresario teatral, al mirarlo, sentía dulce la boca.

—En ella me gusta... este... la emoción y la palpitación de su pecho juvenil cuando declama monólogos... ¡Arde, arde de un modo tal! Dígale de mi parte que en esos momentos estoy dispuesto... ¡a todo!

—Su excelencia, sírvase firmar la respuesta a la petición de la Dirección Policial de Jersón relativa a...

Semipalátov levantó su rostro sonriente y vio ante sí al funcionario Merdiáev. Merdiáev se hallaba de pie ante él y, clavándole los ojos, le tendía un papel con la firma.

Semipalátov frunció el entrecejo: la prosa interrumpía la poesía en el momento más interesante.

—De esto podíamos habernos ocupado después —dijo—. ¡Ya ve que estoy conversando! ¡Qué gente tan maleducada y tan poco delicada! Así es, señor Galamídov... Usted decía que entre nosotros ya no quedan tipos gogolianos... ¡Y aquí lo ve! ¿Qué no tiene de tipo gogoliano? Desarreglado, con los codos gastado, bizco... nunca se peina... ¡Y mire cómo escribe! ¡El diablo sabe qué es esto! Escribe con errores, sin sentido... ¡como un zapatero! ¡Vea usted!

—Psé...-murmuró Galamídov mirando el papel—. En efecto... Usted, señor Merdiáev, seguramente lee poco.

—¡Así no es posible, queridísimo mío! —continuó el jefe—. ¡Me da vergüenza de usted! Si por lo menos leyera usted libros...

—¡La lectura es muy importante! —dijo Galamídov, suspirando sin motivo alguno—. ¡Muy importante! Usted lea y enseguida verá cuán bruscamente cambiará su horizonte de miras. Y libros puede conseguir donde quiera. En mi casa, por ejemplo... Yo con todo gusto. Mañana le traeré, si quiere.

—¡Agradezca, queridísimo amigo! —dijo Semipalátov.

Merdiáev hizo una torpe reverencia, movió los labios y salió.

Al otro día vino a nuestra oficina Galamídov trayendo consigo un paquete de libros. Y es aquí donde comienza nuestra historia. ¡La posteridad nunca perdonará a Semipalátov su ligero proceder! Eso podría habérsele perdonado quizás a un muchacho, pero a un experimentado consejero de Estado en ejercicio, ¡nunca! Luego de la llegada del empresario teatral, Merdiáev fue llamado al despacho.

—¡Aquí tiene, lea, queridísimo mío! —dijo Semipalátov, tendiéndole los libros—. Lea con atención.

Merdiáev tomó el libro con manos temblorosas y salió

del despacho. Estaba pálido, sus ojos bizcos giraban inquietos, como buscando ayuda en los objetos que lo rodeaban. Le quitamos el libro y comenzamos a examinarlo cuidadosamente.

El libro era *El conde de Monte Cristo*.

—¡Nadie puede oponerse a su voluntad! —dijo con un suspiro nuestro viejo contador Prójor Semiónich Budilda—. Inténtalo de alguna manera, haz el esfuerzo... Léelo tranquilo, de a poquito, y después, si Dios quiere, quizá se le olvide y pueda dejarlo... Tú no te asustes. Lo principal es no adentrarse en la lectura... Lee y no te adentres en ese quebradero de cabeza.

Merdiáev envolvió el libro en un papel y se sentó a escribir. Pero esta vez no estaba de ánimo para escribir. Las manos le temblaban y los ojos se le torcían en diferentes direcciones, uno hacia el techo, el otro hacia el tintero. Al otro día llegó al trabajo con visibles señales de haber llorado.

—Ya lo he empezado cuatro veces —dijo—, pero no entiendo nada... Algo sobre unos extranjeros...

Cinco días después, Semipalátov, al pasar por delante de las mesas, se detuvo ante Merdiáev y le preguntó:

—Y bien, ¿ha leído usted el libro?

—Lo he leído, su excelencia.

—¿Y de qué trata lo que ha leído, queridísimo mío? A ver, ¡cuénteme!

Merdiáev levantó la cabeza y empezó a mover los labios.

—Lo he olvidado, su excelencia... —dijo al cabo de un minuto.

—Quiere decir que no lo ha leído o... este... ¡que lo ha leído sin prestar atención! ¡Automáticamente! ¡Así no se puede! ¡Léalo otra vez! Se lo recomiendo a todos en general, señores. ¡Sírvanse leer! ¡Todos lean! Tomen los libros que tengo sobre la ventana y lean. ¡Paramónov, vaya, tome un libro! ¡Podjódtsev, vaya usted también, queridísimo! ¡Smirnov, usted también! ¡Todos, señores! ¡Se los pido!

Todos fueron y tomaron cada uno un libro. Solo Budilda

se atrevió a esgrimir una protesta. Abrió los brazos, movió la cabeza y dijo:

—Usted discúlpeme, su excelencia… pero antes le pediría el retiro… Sé muy bien qué resulta de esas críticas y obras. Por culpa de ellas, mi nieto mayor llama estúpida a su propia madre en la cara y se la pasa todo el ayuno chupando leche. ¡Discúlpeme!

—Usted no entiende nada —dijo Semipalátov, que de constumbre le perdonaba al viejo todas sus rudezas.

Pero Semipalátov se equivocaba: el viejo entendía todo. Una semana después vimos los frutos de esa lectura. Podjódtsev, que leía el segundo tomo de *El judío errante*, llamaba jesuita a Budilda; Smirnov empezó a presentarse en el trabajo en estado de ebriedad. Pero sobre nadie influyó tanto la lectura como sobre Merdiáev. Adelgazó, se demacró y empezó a beber.

—¡Prójor Semiónich! —le rogaba a Budilda—. Se lo suplico por Dios. Pídale a su excelencia que me perdone… No puedo leer más. Me la paso el día y la noche leyendo, no duermo, no como… Mi mujer está agotada de leerme en voz alta, pero, ¡válgame Dios, no entiendo nada! ¡Hagame esa merced!

Budilda tuvo el valor de informar varias veces a Semipalátov, pero este no hacía más que un ademán desdeñoso y, paseándose por la dependencia junto con Galamídov, reprochaba a todos su ignorancia. Así pasaron dos meses, y toda esta historia terminó del modo más terrible.

Una vez Merdiáev, al llegar al trabajo, en lugar de sentarse al escritorio, se puso de rodillas en medio de la oficina, rompió a llorar y dijo:

—¡Perdónenme, crstianos, por haber falsificado billetes!

Luego entró en el despacho y, poniéndose de rodillas ante Semipalátov, dijo:

—¡Perdóneme, su excelencia, ayer arrojé a un pozo a un niñito!

Se dio la frente contra el suelo y prorrumpió en sollozos…

-¿Qué significa esto? —dijo asombrado Semipalátov—.
—¡Esto significa, su excelencia —dijo Budilda con lágrimas
en los ojos—, que ha perdido la cordura! ¡Perdió la razón!
¡Ahí tiene lo que ha hecho su Galamidka con sus obras!
Dios todo lo ve, su excelencia. Y si mis palabras no le gustan, permítame retirarme. ¡Mejor morir de hambre que ver
esto en mi vejez!

Semipalátov palideció y empezó a nadar de una punta a
la otra de su despacho.

—¡Que no vuelva a recibirse a Galamídov! —dijo con
voz sorda—. Y ustedes, señores, tranquilícense. Ahora veo
mi error. ¡Gracias, viejo!

Y desde ese entonces no pasó nada más. Merdiáev se
curó, pero no del todo. Y hasta el día de hoy, cuando ve un
libro, tiembla y vuelve la cabeza.

Después del teatro

Nádia Zeliónina, tras regresar con su mamá del teatro, donde daban *Eugenio Oniéguin*[12], al llegar a su habitación, se arrancó rápido el vestido, se soltó la trenza y, con la falda sola y la blusa blanca, se sentó a la mesa rápido para escribir una carta, como Tatiana[13].

"¡Yo lo amo", —escribió—, pero usted no me ama, no me ama!".

Escribió y se echó a reír.

Tenía sólo dieciséis años y no amaba a nadie aún. Sabía que el oficial Górni y el estudiante Gruzdióv la amaban, pero ahora, después de la ópera, quería dudar del amor de ellos. ¡Ser desamada y desdichada, qué interesante! Cuando uno ama más y el otro es indiferente, en eso hay algo bello, conmovedor y poético. Oniéguin era interesante porque no amaba en absoluto, y Tatiana era encantadora porque amaba mucho, y si ellos se amaran el uno al otro igualmente y fueran dichosos quizá parecerían aburridos.

"Deje pues de asegurar que me ama, —continuó Nádia

---

12 *Eugenio Oniéguin*, ópera en tres actos con música de P. Chaikóvskii y libreto de K. Shilóvskii, basada en la novela en verso homónima de Alexánder Púshkin.

13 El aria de la carta de Tatiana, uno de los pasajes más célebres de la ópera.

escribiendo, pensando en el oficial Górnii—. Yo no puedo creerle. Usted es muy inteligente, instruido, serio, tiene un talento inmenso, y acaso le espera un futuro brillante, y yo soy una muchacha no interesante, insignificante, y usted mismo sabe perfectamente que yo, en su vida, seré sólo un estorbo. Cierto, usted se aficionó y pensó que había hallado su ideal en mí, pero eso fue un error, y ahora ya se pregunta con desolación: ¿para qué encontré a esta muchacha? ¡Y sólo su bondad le impide confesar eso!".

Nádia sintió lástima por sí misma, rompió a llorar y continuó:

"Me es penoso dejar a mi mamá y a mi hermano, si no me pondría la sotana monacal y me iría adonde me lleve el viento. Y usted se haría libre y amaría a otra. ¡Ah, si yo muriera!".

A través de las lágrimas no podía entender lo escrito; en la mesa, en el suelo y en el techo temblaban pequeños arcoíris, como si Nádia mirara a través de un prisma. No podía escribir, se reclinó sobre el respaldo de la butaca y empezó a pensar en Górnii.

¡Dios mío, qué interesantes, qué encantadores eran los hombres! Nádia recordó qué expresión hermosa, servicial, culpable y suave tenía el oficial cuando discutían con él de música, y qué esfuerzos hacía consigo para que su voz no sonara apasionada. En sociedad, donde la fría altivez y la indiferencia se consideraban un signo de buena educación y costumbres nobles, se debía ocultar la pasión. Y él la ocultaba, pero no lo lograba, y todos sabían perfectamente que él amaba la música con pasión. Las discusiones interminables sobre música, los juicios atrevidos de las personas que no entendían lo mantenían en una tensión constante, asustado, tímido, callado. Tocaba el piano de cola de modo excelente, como un verdadero pianista, y si no fuera oficial seguro sería un músico célebre.

Las lágrimas se le secaron en los ojos. Nádia recordó que Górnii le declaró su amor en el club sinfónico, y después abajo, junto al guardarropa, cuando un viento de aire penetrante soplaba por todas partes.

Nádia puso las manos sobre la mesa e inclinó la cabeza sobre éstas, y sus cabellos cubrieron la carta. Recordó que el estudiante Gruzdióv la amaba también, y que tenía tanto derecho a su carta como Górnii. En realidad, ¿no sería mejor escribirle a Gruzdióv? Una alegría se agitó en su pecho sin ningún motivo: al principio el júbilo era pequeño, y rodó por su pecho como una pelotita de goma, después se hizo más amplio, mayor, y brotó como una ola. Nádia se olvidó de Górnii y de Gruzdióv, sus ideas se confundieron, y el júbilo crecía y crecía, del pecho le pasó a las manos y los pies, y parecía como que un vientecito fresco, ligero, soplaba sobre su cabeza y agitaba sus cabellos. Sus hombros temblaron con su risa callada, tembló también la mesa, el cristal de la lámpara, y la carta fue salpicada por las lágrimas de sus ojos. No tenía fuerzas para detener esa risa y, para mostrarse a sí misma que se reía no sin motivo, se apresuró a recordar algo cómico.

—¡Qué perrito tan cómico! —profirió, sintiendo que se sofocaba de risa—. ¡Qué perrito tan cómico!

Recordó cómo Gruzdióv ayer, después del té, había retozado con el perrito de Maxím, y después contó de un perrito muy inteligente que corría por el patio tras un cuervo, y el cuervo lo miró y le dijo:

—¡Eh, tú, tramposo!

El perrito, sin saber que trataba con un cuervo científico, se confundió terriblemente y retrocedió con perplejidad, después empezó a ladrar.

—No, mejor voy a amar a Gruzdióv, —decidió Nádia, y rompió la carta.

Empezó a pensar en el estudiante, en el amor de él, en el amor de ella, pero resultó que las ideas se disolvieron en su cabeza, y pensó en todo: en su mamá, la calle, el lápiz, el piano de cola… Pensaba con júbilo, y hallaba que todo estaba bien, excelente, y el júbilo le decía que eso aún no era todo, que un poco más tarde sería mejor todavía. Pronto sería la primavera, el verano, iría con su mamá a Górbik,

Górnii vendría de licencia, iba a pasear con ella por el jardín y a cortejarla. Vendría Gruzdióv también. Iba a jugar con ella al *cricket*[14] y al *kegel*[15], a contarle cosas divertidas o asombrosas. Quería apasionadamente el jardín, la oscuridad, el cielo límpido, las estrellas. Sus hombros temblaron de risa de nuevo, y le pareció que la habitación olía a ajenjo, y que una rama golpeaba su ventana.

Fue a su cama, se sentó y, sin saber qué hacer con el gran júbilo que la consumía, miró a la imagen que colgaba de la cabecera de su cama, y dijo:

—¡Señor! ¡Señor! ¡Señor!

---

14 *Cricket,* juego de pelota de origen inglés, que se juega con paletas de madera.
15 *Kegel,* juego de bolos de origen alemán, con objetos parados que son derribados por una pelota.

Un cuento clásico
La dama del perrito

I

Decían que en el muelle se había visto pasear a un nuevo personaje: La dama del perrito.

Dmitrii Dmitrich Gurov, residente en Yalta hacía dos semanas y habituado ya a aquella vida, empezaba también a interesarse por las caras nuevas. Desde la terraza de la confitería Vernet, en que solía sentarse, veía pasar a una dama joven, de mediana estatura, rubia y tocada con una boina. Tras ella corría un perrito blanco de Pomerania.

Después, varias veces al día, se la encontraba en el parque y en los jardinillos públicos. Paseaba sola, llevaba siempre la misma boina y se acompañaba del perrito blanco. Nadie sabía quién era y todos la llamaban la dama del perrito.

"Si está aquí sin marido y sin amigos, no estaría mal trabar conocimiento con ella", pensó Gurov.

Éste no había cumplido todavía los cuarenta años, pero tenía ya una hija de doce y dos hijos colegiales. Se había casado muy joven, cuando aún era estudiante de segundo año, y ahora su esposa parecía dos veces mayor que él. Era ésta una mujer alta, de oscuras cejas, porte rígido, importante y grave y se llamaba a sí misma intelectual. Leía mucho, no escribía cartas y llamaba a su marido Dimitrii, en lugar de Dmitrii. Él, por su parte, la consideraba de corta inteligencia, estrecha de miras y falta de gracia, por lo que, temiéndole, no le agradaba permanecer en el hogar. Hacía mucho tiempo que había empezado a engañarla con frecuencia, siendo sin duda ésta la causa de que casi siempre hablara mal de las mujeres. Cuando en su presencia se aludía a ellas, exclamaba:

—¡Raza inferior!

Se consideraba con la suficiente amarga experiencia para aplicarles este calificativo, pero, sin embargo, sin esta raza inferior no podía vivir ni dos días seguidos. Con los hombres se aburría, se mostraba frío y poco locuaz; y, en cambio, en compañía de mujeres se sentía despreocupado. Ante ellas sabía de qué hablar y cómo proceder, y hasta el permanecer silencioso a su lado le resultaba fácil. Su exterior, su carácter, estaba dotado de un algo imperceptible, pero atrayente para las mujeres. Él lo sabía, y a su vez se sentía llevado hacia ellas por una fuerza desconocida.

La experiencia, una amarga experiencia, en efecto, le había demostrado hacía mucho tiempo que todas esas relaciones que al principio tan gratamente amenizan la vida, presentándose como aventuras fáciles y agradables, se convierten siempre para las personas serias, principalmente para los moscovitas, indecisos y poco dinámicos, en un problema extremadamente complicado, por lo que la situación acaba haciéndose penosa. Sin embargo, a pesar de ello, a cada nuevo encuentro con una mujer interesante, la experiencia, desplazando de su memoria, se deslizaba no se sabía hacia dónde. Quería uno vivir, ¡y todo parecía tan sencillo y tan divertido!

Así, pues, se hallaba un día al atardecer comiendo en el jardín, cuando la dama de la boina, tras acercarse con paso reposado, fue a ocupar la mesa vecina. Su expresión, su manera de andar, su vestido, su peinado, todo revelaba que pertenecía a la buena sociedad, que era casada, que venía a Yalta por primera vez, que estaba sola y que se aburría.

Los chismes sucios sobre la moral de la localidad encerraban mucha mentira. Él aborrecía aquellos chismes; sabía que, la mayoría de ellos, habían sido inventados por personas que hubieran delinquido gustosas de haber sabido hacerlo; pero, sin embargo, cuando aquella dama fue a sentarse a tres pasos de él, a la mesa vecina, todos esos chismes acudieron a su memoria: fáciles conquistas, excursiones por la montaña. Y el pensamiento tentador de una rápida y pasajera novela junto a una mujer de nombre y apellido desconocidos se apoderó de él. Con un ademán cariñoso llamó al perrito, y cuando lo tuvo cerca lo amenazó con el dedo. El perrito gruñó, y Gurov volvió a amenazarle. La dama le lanzó una ojeada, bajando la vista en el´acto.

—No muerde —dijo enrojeciendo.

—¿Puedo darle un hueso?

Ella movió la cabeza en señal de asentimiento.

—¿Hace mucho que ha llegado? —siguió preguntando Gurov en tono afable.

—Unos cinco días.

—Yo llevo aquí ya casi dos semanas.

—El tiempo pasa de prisa y, sin embargo, se aburre uno aquí —dijo ella sin mirarle.

—Suele decirse, en efecto, que esto es aburrido. En su casa de cualquier pueblo, de un Beleb o de un Jisdra, no se aburre uno, y se llega aquí y se empieza a decir enseguida: "¡Ah, qué aburrido! ¡Ah, qué polvo!". ¡Enteramente como si viniera uno de Granada!

Ella se echó a reír. Luego ambos siguieron comiendo en silencio, como dos desconocidos; pero después de la comida salieron juntos y entablaron una de esas charlas ligeras, en tono de broma, propia de las personas libres, satisfechas, a quienes da igual adónde ir y de qué hablar. Paseando comentaban el singular tono de luz que iluminaba el mar: tenía el agua un colorido lila, y una raya dorada que partía de la luna. Hablaban de que la atmósfera, tras el día caluroso, era sofocante. Gurov le contaba que era moscovita y por sus estudios, filólogo, pero que trabajaba en un banco. Hubo un tiempo en el que pensó cantar en la ópera, pero lo dejó. Tenía dos casas en Moscú. De ella supo que se había criado en Petersburgo, casándose después en la ciudad de S., donde residía hacía dos años, y que estaría todavía un mes en Yalta, adonde quizá vendría a buscarla su marido, que también quería descansar. No pudo explicar dónde trabajaba su marido, si en la administración provincial o en el consejo municipal, y esta misma ignorancia le resultaba graciosa. También supo Gurov que se llamaba Anna Sergueevna.

Después, en su habitación, continuó pensando en ella y en que al otro día seguramente volvería a encontrarla. Y así había de ser. Mientras se acostaba repasó en su memoria que aquella joven dama aún hacía poco estaba estudiando en un pensionado, como ahora estudiaba su hija. Recordó la falta de aplomo que había todavía en su risa cuando conversaba con un desconocido. Era ésta seguramente la primera vez que se veía envuelta en aquel ambiente: perseguida, contemplada con un fin secreto que no podía dejar de adivinar. Recordó su fino y débil cuello, sus bonitos ojos de color gris.

"Hay algo en ella que inspira lástima", pensaba al quedarse dormido.

II

Ya hacía una semana que la conocía. Era día de fiesta. En las habitaciones había una atmósfera sofocante, y por las calles el viento, arrebatando sombreros, levantaba remolinos de polvo. La sed era constante, y Gurov entraba frecuentemente en la confitería, tan pronto en busca de jarabe como de helados con que obsequiar a Anna Sergueevna. No sabía uno dónde meterse. Al anochecer, cuando se calmó el viento, fueron al muelle a presenciar la llegada del vapor. El embarcadero estaba lleno de paseantes y de gentes con ramos en las manos que acudían allí para recibir a alguien. Dos particularidades del abigarrado gentío de Yalta aparecían sobresalientes: que las damas de edad madura vestían como las jóvenes y que había gran número de generales. Por estar el mar agitado, el vapor llegó con retraso, cuando ya el sol se había puesto, permaneciendo largo rato dando vueltas antes de ser amarrado en el muelle.

Anna Sergueevna miraba al vapor y a los pasajeros a través de sus impertinentes, como buscando algún conocido, y al dirigirse a Gurov le brillaban los ojos. Charlaba sin cesar y hacía breves preguntas, olvidándose en el acto de lo que había preguntado. Luego extravió los impertinentes entre la muchedumbre. Ésta, compuesta de gentes bien vestidas, empezó a dispersarse; ya no podían distinguirse los rostros. El viento había cesado por completo.

Gurov y Anna Sergueevna continuaban de pie, como esperando a que alguien más bajara del vapor. Anna Sergueevna no decía ya nada, y sin mirar a Gurov aspiraba el perfume de las flores.

—El tiempo ha mejorado mucho —dijo éste—. ¿A dónde vamos ahora? ¿Y si nos fuéramos a alguna parte?

Ella no contestó nada.

Él entonces la miró fijamente y de pronto la abrazó y la besó en los labios, percibiendo el olor y la humedad de las flores; pero enseguida miró asustado a su alrededor para cerciorarse de que nadie les había visto.

—Vamos a su hotel —dijo en voz baja.

Y ambos se pusieron en marcha rápidamente.

El ambiente de la habitación era sofocante y olía al perfume comprado por ella en la tienda japonesa. Gurov, mirándola, pensaba en cuántas mujeres había conocido en la vida. Del pasado guardaba el recuerdo de algunas inconscientes, benévolas, agradecidas a la felicidad que les daba, aunque ésta fuera efímera; de otras, como, por ejemplo, su mujer, cuya conversación era excesiva, recordaba su amor insincero, afectado, histérico, que no parecía amor ni pasión, sino algo mucho más importante. Recordaba también a dos o tres bellas, muy bellas y frías, por cuyos rostros pasaba súbitamente una expresión de animal de presa, de astuto deseo de extraer de la vida más de lo que puede dar. Estas mujeres no estaban ya en la primera juventud, eran caprichosas, voluntariosas y poco inteligentes, y su belleza despertaba en Gurov, una vez desilusionado, verdadero aborrecimiento, antojándosele escamas los encajes de sus vestidos.

Aquí, en cambio, existía una falta de valor, la falta de experiencia propia de la juventud, tal sensación de azoramiento que le hacía a uno sentirse desconcertado, como si alguien de repente hubiera llamado a la puerta. Anna Sergueevna, la dama del perrito, tomaba aquello con especial seriedad, considerándolo como una caída, lo cual era singular e inadecuado. Como la pecadora de un cuadro antiguo, permanecía pensativa, en actitud desconsolada.

—¡Esto está muy mal —dijo—, y usted será el primero en no estimarme!

Sobre la mesa había una sandía, de la que Gurov se cortó una rodaja, que empezó a comer despacio. Una media hora, por lo menos, transcurrió en silencio. Anna Sergueevna presentaba el aspecto conmovedor, ingenuo y honrado de la mujer sin experiencia de la vida. Una vela solitaria colocada encima de la mesa apenas iluminaba su rostro; pero, sin embargo, se veía su sufrimiento.

—¿Por qué voy a dejar de estimarte? —preguntó Gurov—. No sabes lo que dices.

—¡Que Dios me perdone! —dijo ella, y sus ojos se arrasaron en lágrimas—. ¡Esto es terrible!

—Parece que te estás excusando.

—¡Excusarme! ¡Soy una mala y ruin mujer! ¡Me aborrezco a mí misma! ¡No es a mi marido a quien he engañado; he engañado a mi propio ser! ¡Y no solamente ahora, sino hace ya tiempo! ¡Mi marido es bueno y honrado, pero un lacayo!

¡No sé qué hace ni en qué trabaja, pero sí sé que es un lacayo! ¡Cuando me casé con él tenía veinte años! ¡Después de casada, me torturaba la curiosidad por todo! ¡Deseaba algo mejor! ¡Quería otra vida! ¡Deseaba vivir! ¡Aquella curiosidad me abrasaba! ¡Usted no podrá comprenderlo, pero juro ante Dios que ya era incapaz de dominarme! ¡Algo pasaba dentro de mí que me hizo decir a mi marido que me encontraba mal y venirme! ¡Aquí, al principio, iba de un lado para otro, como presa de locura, y ahora soy una mujer vulgar, mala, a la que todos pueden despreciar!

A Gurov le aburría escucharla. Le molestaba aquel tono ingenuo, aquel arrepentimiento tan inesperado e impropio. Si no hubiera sido por las lágrimas que llenaban sus ojos, podía haber pensado que bromeaba o que estaba representando un papel dramático.

—No comprendo —dijo lentamente—. ¿Qué es lo que quieres?

Ella ocultó el rostro en su pecho y contestó:

—¡Créame! ¡Créame, se lo suplico! ¡Amo la vida honesta y limpia y el pecado me parece repugnante! ¡Yo misma no comprendo mi conducta! ¡La gente sencilla dice: "¡Culpa del maligno!", y eso mismo digo yo! ¡Culpa del maligno!

—Bueno, bueno —balbuceó él.

Luego miró sus ojos, inmóviles y asustados, la besó y comenzó a hablarle despacio, en tono cariñoso, y tranquilizándola, la alegría volvió a sus ojos y ambos rieron otra vez. Después se fueron a pasear por el malecón, que estaba desierto. La ciudad, con sus cipreses, tenía un aspecto muerto; pero el mar rugía al chocar contra la orilla. Sólo un vapor, sobre el que oscilaba la luz de un farolito, se mecía sobre las olas. Encontraron un *isvoschick*[16] y se fueron a Oranda.

—Ahora mismo acabo de enterarme de tu apellido en la portería. En la lista del hotel está escrito este nombre: "Von Dideritz" —dijo Gurov—. ¿Es alemán tu marido?

---

16 Cochero.

"No; pero, según parece, lo fue su abuelo. Él es ortodoxo".

En Oranda estuvieron un rato sentados en un banco, no lejos de la iglesia, silenciosos y mirando el mar, a sus pies. Apenas era visible Yalta en la bruma matinal. Sobre la cima de las montañas había blancas nubes inmóviles, nada agitaba el follaje de los árboles, se oía el canto de la chicharra y de abajo llegaba el ruido del mar hablando de paz y de ese sueño eterno que a todos nos espera. El mismo ruido haría el mar allá abajo, cuando aún no existían ni Yalta ni Oranda; el mismo ruido indiferente seguirá inventándose cuando ya no existamos nosotros. Y esta permanencia, esta completa indiferencia hacia la vida y la muerte en cada uno de nosotros constituye la base de nuestra eterna salvación, del incesante movimiento de la vida en la tierra, del incesante perfeccionamiento. Sentado junto a aquella joven mujer, tan bella en la hora matinal, tranquilo y hechizado por aquel ambiente de cuento de hadas, de mar, de montañas, de nubes y de ancho cielo. Gurov pensaba que, bien considerado, todo en el mundo era maravilloso. ¡Y todo lo era en efecto, excepto lo que nosotros pensamos y hacemos cuando nos olvidamos del alto destino de nuestro ser y de la propia dignidad humana!

Un hombre, seguramente el guarda, se acercó a ellos. Los miró y se fue, pareciéndole este detalle también bello y misterioso. Iluminado por la aurora y con las luces ya apagadas, vieron llegar el barco de Feodosia.

—La hierba está llena de rocío —dijo Anna Sergueevna después de un rato de silencio.

—Sí. Ya es hora de volver.

Regresaron a la ciudad.

Después, cada mediodía, siguieron encontrándose en el malecón. Almorzaban juntos, comían, paseaban y se entusiasmaban con la contemplación del mar. Ella observaba que dormía mal y que su corazón palpitaba intranquilo. Le hacía las mismas preguntas, tan pronto excitadas por los celos como por el miedo de que él no la estimara suficientemente. Él, a menudo, en el parque o en los jardinillos, cuando no había nadie cerca, la abrazaba de pronto apasionadamente. Aquella completa ociosidad, aquellos besos en pleno día, llenos del temor de ser vistos, el calor, el olor a mar y el perpetuo vaivén de gentes satisfechas, ociosas, ricamente vestidas, parecían haber transformado a Gurov. Éste llamaba a Anna Sergueevna bonita y encantadora, se apasionaba, no se separaba ni un paso de ella, que, en cambio, solía quedar pensativa, pidiéndole que le confesara que no la quería y que sólo la consideraba una mujer vulgar. Casi todos los atardeceres se marchaban a algún sitio de las afueras, a Oranda o a contemplar alguna catarata. Estos paseos resultaban gratos, y las impresiones recibidas en ellos, siempre prodigiosas y grandes.

Se esperaba la llegada del marido. Un día, sin embargo, recibió una carta en la que éste se quejaba de un dolor en los ojos, suplicando a su mujer que regresara pronto a su casa. Anna Sergueevna aceleró los preparativos de marcha.

—En efecto, es mejor que me vaya —dijo a Gurov—. ¡Así lo dispone el destino!

Acompañada por él en el tren, emprendió el viaje, que duró el día entero. Cuando ocupó su asiento en el vagón del tren y sonó la segunda campanada, ella dijo:

—¡Déjeme que lo mire otra vez! ¡Otra vez! ¡Así!

No lloraba, pero estaba triste; parecía enferma y había un temblor en su rostro.

—¡Pensaré en usted! —decía—. ¡Lo recordaré! ¡Quede con Dios! ¡Guarde un buen recuerdo de mí! ¡Nos despedimos para siempre! ¡Es necesario que así sea! ¡No deberíamos habernos encontrado nunca! ¡No! ¡Quede con Dios!

El tren partió veloz, desaparecieron sus luces y un minuto después se extinguía el ruido de sus ruedas, como si todo estuviera ordenado dentro de aquella dulce enajenación, aquella locura. Solo en el andén, con la sensación del hombre que acaba de despertar, Gurov fijaba los ojos en la lejanía, escuchando el canto de la chicharra y la vibración de los hilos telegráficos. Pensaba que en su vida había ahora un éxito, una aventura más, ya terminada, de la que no quedaría más que el recuerdo. Se sentía conmovido, triste y un poco arrepentido. Esta joven mujer, a la que no volvería a ver, no había sido feliz a su lado. Siempre se había mostrado con ella afable y afectuoso; pero, a pesar de tal proceder, su tono y su mismo cariño traslucían una ligera sombra de burla, la brutal superioridad del hombre feliz, de edad casi doble. Ella lo calificaba constantemente de bueno, de extraordinario, de elevado. Lo consideraba sin duda como no era, lo cual significaba que la había engañado sin querer. En la estación comenzaba a oler a otoño y el aire del anochecer era fresco.

"¡Ya es hora de marcharse al Norte! —pensaba Gurov al abandonar el andén—. ¡Ya es hora!".

III

En su casa de Moscú todo había adquirido aspecto invernal: el fuego ardía en las estufas y el cielo, por las mañanas, estaba tan oscuro que la niñera, mientras los niños, disponiéndose para ir al colegio, tomaban el té, encendía la luz. Caían las primeras nevadas. ¡Es tan grato en el primer día de nieve ir por primera vez en trineo! ¡Contemplar la tierra blanca, los tejados blancos! ¡Aspirar el aire sosegadamente, en tanto que a la memoria acude el recuerdo de los años de adolescencia! Los viejos tilos, los abedules, tienen bajo su blanca cubierta de escarcha una expresión bondadosa. Están más cercanos al corazón que los cipreses y las palmeras, y en su proximidad no quiere uno pensar ya en el mar ni en las montañas.

Gurov era moscovita. Regresó a Moscú en un buen día de helada y cuando, tras ponerse la chaqueta y los guantes de invierno, se fue a pasear por Petrovka, así como cuando el sábado, al anochecer, escuchó el sonido de las campanas, aquellos lugares visitados por él durante su reciente viaje perdieron a sus ojos todo encanto. Poco a poco comenzó a sumergirse otra vez en la vida moscovita. Leía ya ávidamente tres periódicos diarios (no los de Moscú, que decía no leer por una cuestión de principio), le atraían los restaurantes, los casinos, las comidas, las jubilaciones.; le halagaba que frecuentaran su casa abogados y artistas de fama, jugar a las cartas en el círculo de los médicos con algún eminente profesor y comerse una ración entera de selianka. Un mes transcurriría y el recuerdo de Anna Sergueevna se llenaba de bruma en su memoria (así al menos se lo figuraba), y sólo de vez en vez volvía a verla en sueños, con su sonrisa conmovedora, como veía a las otras.

Más de un mes transcurrió, sin embargo; llegó el rigor del invierno y en su recuerdo permanecía todo tan claro como si sólo la víspera se hubiera separado de Anna Sergueevna. Este recuerdo se hacía más vivo cuando, por ejemplo, en la quietud del anochecer llegaban hasta su despacho las voces de sus niños estudiando sus lecciones, al oír cantar una romanza, cuando percibía el sonido del órgano del restaurante o aullaba la brisa en la chimenea. Todo entonces resucitaba de pronto en su memoria: la escena del muelle, la mañana temprana, las montañas neblinosas, el vapor de Feodosia, los besos. Recordándolo y sonriendo paseaba largo rato por su habitación, y el recuerdo se hacía luego ensueño, se mezclaba en su mente con imágenes del futuro. Ya no soñaba con Anna Sergueevna. Era ella misma la que le seguía a todas partes como una sombra. Cerraba los ojos y la veía cual viva, más bella, más joven, más tierna y afectuosa de lo que era en realidad. También él se creía mejor de lo que era en Yalta. Durante el anochecer, ella lo miraba desde la librería, desde la chimenea, desde un rincón. Percibía su aliento y el suave roce de su vestido. Por la calle, su vista seguía a todas las mujeres, buscando entre ellas alguna que se le pareciera.

El fuerte deseo de comunicar a alguien su recuerdo

comenzaba a oprimirle, pero en su casa no podía hablar de aquel amor, y fuera de ella no tenía con quien divertirse. No podía hablar de ella con los vecinos ni en el banco. ¿Encerraban algo bello, poético, aleccionador, o simplemente interesante sus sentimientos hacia Anna Sergueevna? Tenía que limitarse a hablar abstractamente del amor y de las mujeres; pero de manera que nadie pudiera adivinar cuál era su caso, y tan sólo la esposa, alzando las oscuras cejas, solía decirle:

—¡Dimitrii! ¡El papel de fatuo no te va nada bien!

Una noche, al salir del círculo médico con su compañero de partida, el funcionario, no pudiendo contenerse, dijo a éste:

—¡Si supiera usted qué mujer más encantadora conocí en Yalta!

El funcionario, tras acomodarse en el asiento del trineo, que emprendió la marcha, volvió de repente la cabeza y gritó:

—¡Dmitrii Dmitrich!

—¿Qué?

—¡Tenía usted razón antes! ¡El esturión no estaba del todo fresco!

Tan sencillas palabras, sin saber por qué, indignaron a Gurov. Se le antojaban sucias y mezquinas. ¡Qué costumbres salvajes aquellas! ¡Qué gentes! ¡Qué veladas necias! ¡Qué días anodinos y desprovistos de interés! ¡Todo se reducía a un loco jugar a los naipes, a gula, a borracheras, a charlas incesantes sobre las mismas cosas! El negocio innecesario, la conversación sobre repetidos temas absorbía la mayor parte del tiempo y las mejores energías, resultando al fin de todo ello una vida absurda, disforme y sin alas, de la que no era posible huir, escapar, como si se estuviera preso en una casa de locos o en un correccional.

Lleno de indignación, Gurov no pudo pegar los ojos en toda la noche, y el día siguiente lo pasó con dolor de cabeza. Las noches sucesivas durmió también mal y hubo de permanecer sentado en la cama o de pasear a grandes pasos por la habitación. Se aburría con los niños, en el banco, y no tenía ganas de ir a ninguna parte ni de hablar de nada.

En diciembre, al llegar las fiestas, hizo sus preparativos de viaje, y diciendo a su esposa que, con motivo de unas gestiones en favor de cierto joven, se veía obligado a ir a Petersburgo, salió para la ciudad de S. Él mismo no sabía lo que hacía. Quería solamente ver a Anna Sergueevna, hablar con ella, organizar una entrevista si era posible.

Llegó a S. por la mañana, ocupando en la fonda una habitación, la mejor, con el suelo alfombrado de paño. Sobre la mesa, y gris de polvo, había un tintero que representaba a un jinete sin cabeza, cuyo brazo levantado sostenía un sombrero. Del portero obtuvo la necesaria información. Los von Dideritz vivían en la calle Staro-Goncharnaia, en casa propia, no lejos de la fonda. Llevaban una vida acomodada y lujosa, tenían caballos de su propiedad y en la ciudad todo el mundo los conocía.

—Dridiritz —pronunciaba el portero.

Gurov se encaminó a paso lento hacia la calle Staro-Goncharnaia en busca de la casa mencionada. Precisamente frente a ésta se extendía una larga cerca gris guarnecida de clavos.

"¡A cualquiera le darían ganas de huir de esta cerca!", pensó Gurov mirando tan pronto a ésta como a las ventanas. "Hoy es día festivo" seguía cavilando, "y el marido estará en casa seguramente. De todas maneras sería falta de cortesía entrar. Una nota pudiera caer en manos del marido y estropearlo todo. Lo mejor será buscar una ocasión".

Y continuaba paseando por la calle y esperando junto a la cerca aquella ocasión. Desde allí vio cómo un mendigo que atravesaba la puerta cochera era atacado por los perros. Más tarde, una hora después, oyó tocar el piano. Sus sonidos llegaban hasta él, débiles y confusos. Sin duda era Anna Sergueevna la que tocaba. De pronto se abrió la puerta principal dando paso a una viejecita, tras de la que corría el blanco y conocido perrito. Gurov quiso llamar al perro, pero se lo impidieron unas súbitas palpitaciones y el no poder recordar el nombre.

Siempre paseando, su aborrecimiento por la cerca gris crecía y crecía, y ya excitado, pensaba que Anna Sergueevna se había olvidado de él y se divertía con otro, cosa sumamente natural en una mujer joven, obligada a contemplar de la mañana a la noche aquella maldita cerca. Volviendo a su habitación, se sentó en el diván, en el que permaneció largo rato sin saber qué hacer. Después comió y pasó mucho tiempo durmiendo.

"¡Qué necio e intranquilizador es todo esto!", pensó cuando al despertarse fijó la vista en las oscuras ventanas por las que entraba la noche. "Tampoco sé por qué me he dormido ahora. ¿Cómo voy a dormir luego?".

Después, sentado en la cama y arropándose en una manta barata de color gris, semejante a las usadas en los hospitales, decía enojado, burlándose de sí mismo:

"¡Toma dama del perrito! ¡Toma aventura!".

De pronto pensó en que todavía, por la mañana, en la estación, le había saltado a la vista un cartel con el anuncio en grandes letras de la representación de Geisha. Recordándolo, se dirigió al teatro.

"Es muy probable que vaya a los estrenos", se dijo.

El teatro estaba lleno. En él, como ocurre generalmente en los teatros de provincia, una niebla llenaba la parte alta de la sala, sobre la araña; el paraíso se agitaba ruidosamente, y en primera fila, antes de empezar el espectáculo, se veía de pie y con las manos a la espalda a los petimetres del lugar. En el palco del gobernador y en el sitio principal, con un boa al cuello, estaba sentada la hija de aquél, que se ocultaba tímidamente tras la cortina, y de la que sólo eran visibles las manos. El telón se movía y la orquesta pasó largo rato afinando sus instrumentos. Los ojos de Gurov buscaban ansiosamente, sin cesar, entre el público que ocupaba sus sitios. Anna Sergueevna entró también. Al verla tomar asiento en la tercera fila, el corazón de Gurov se encogió, pues comprendía claramente que no existía ahora para él un ser más próximo, querido e importante. Aquella pequeña mujer en la que nada llamaba la atención, con sus vulgares impertinentes en la mano, perdida en el gentío provinciano, llenaba ahora toda su vida, era su tormento, su alegría, la única felicidad que deseaba. Y bajo los sonidos de los malos violines de una mala orquesta pensaba en su belleza. Pensaba y soñaba.

Con Anna Sergueevna y tomando asiento a su lado había entrado un joven de patillas cortitas, muy alto y de anchos hombros. Al andar, a cada paso que daba, su cabeza se inclinaba hacia adelante, en un movimiento de perpetuo saludo. Sin duda era éste el marido, al que ella en Yalta, movida por un sentimiento de amargura, había llamado lacayo. En efecto, su larga figura, sus patillas, su calvita, tenían algo de tímido y lacayesco. Su sonrisa era dulce y en su ojal brillaba una docta insignia, que parecía, sin embargo, una marca de lacayo.

Durante el primer entreacto el marido salió a fumar, quedando ella sentada en la butaca. Gurov, que también tenía su localidad en el patio de butacas, acercándose a ella le dijo con voz forzada y temblorosa y sonriendo:

—¡Buenas noches!

Ella alzó los ojos hacia él y palideció. Después volvió a mirarlo, otra vez espantada, como si no pudiera creer lo que veía. Sin duda, luchando consigo misma para no perder el conocimiento, apretaba fuertemente entre las manos el abanico y los impertinentes. Ambos callaban. Ella permanecía sentada. Él, de pie, asustado de aquel azoramiento, no se atrevía a sentarse a su lado. Los violines y la flauta, que estaban siendo afinados por los músicos, empezaron a cantar, pareciéndoles de repente que desde todos los palcos los miraban. He aquí que ella, levantándose súbitamente, se dirigió apresurada hacia la salida. Él la siguió. Y ambos, con paso torpe, atravesaron pasillos y escaleras, tan pronto subiendo como bajando, en tanto que ante sus ojos desfilaban, raudas, gentes con uniformes: unos judiciales, otros correspondientes a instituciones de enseñanza, y todos ornados de insignias. Asimismo desfilaban figuras de damas; el vestuario, repleto de pellizas; mientras el soplo de la corriente les azotaba el rostro con olor a colillas.

Gurov, que empezaba a sentir fuertes palpitaciones, pensaba: "¡Oh, Dios mío! ¿Para qué existirá toda esta gente? ¿Esta orquesta?".

En aquel momento acudió a su memoria la noche en que había acompañado a Anna Sergueevna a la estación, diciéndose a sí mismo que todo había terminado y que no volverían a verse. ¡Cuán lejos estaban todavía, sin embargo, del fin!

En una sombría escalera provista del siguiente letrero "Entrada al anfiteatro", ella se detuvo.

—¡Qué susto me ha dado usted! —dijo con el aliento entrecortado y aún pálida y aturdida—. ¡Apenas si vivo! ¿Por qué ha venido? ¿Por qué?

—¡Compréndame, Anna! ¡Compréndame! —dijo él de prisa y a media voz—. ¡Se lo suplico! ¡Vámonos!

Ella lo miraba con expresión de miedo, de súplica, de amor. Lo miraba fijamente, como si quisiera grabar sus rasgos de un modo profundo en su memoria.

—¡Sufro tanto! —proseguía sin escucharle—. ¡Durante todo este tiempo sólo he pensado en usted! ¡No he tenido más pensamiento que usted! ¡Quería olvidarle! ¡Oh! ¿Por qué ha venido? ¿Por qué?

En un descansillo de la escalera, a alguna altura sobre ellos, fumaban dos estudiantes, pero a Gurov le resultaba indiferente. Atrayendo hacia sí a Anna Sergueevna, empezó a besarla en el rostro, en las mejillas, en las manos.

—¿Qué hace usted? ¿Qué hace? —decía ella rechazándolo presa de espanto—. ¡Estamos locos! ¡Márchese hoy mismo! ¡Ahora mismo! ¡Se lo suplico! ¡Por todo cuanto le es sagrado se lo suplico! ¡Oh! ¡Alguien viene! —alguien subía en efecto por la escalera—. ¡Es preciso que se marche! —proseguía Anna Sergueevna en un murmullo—. ¿Lo oye,

Dmitrii Dmitrich? ¡Yo iré a verle a Moscú, pero ahora tenemos que despedirnos, amado mío! ¡Despidámonos!

Estrechándole la mano, empezó a bajar apresuradamente la escalera, pudiendo leerse en sus ojos, cuando volvía la cabeza para mirarle, cuán desgraciada era en efecto.

Gurov permaneció allí algún tiempo, prestando oído; luego, cuando todo quedó silencioso, recogió su abrigo y se marchó al tren.

IV

Y Anna Sergueevna empezó a ir a visitarle a Moscú. Cada dos o tres meses dejaba la ciudad de S. diciéndole al marido que iba a consultar a un profesor por una afección que sufría. El marido a la vez le creía y no le creía. Al llegar a Moscú, se hospedaba en el hotel Slaviaskii Basar, desde donde enviaba enseguida aviso a Gurov. Éste iba a verla, y nadie en Moscú se enteraba. Una mañana de invierno y acompañando a su hija al colegio, por estar éste en su camino, se dirigía como otras veces a verla (su mensajero no le había encontrado en casa la víspera). Caía una fuerte nevada.

—Estamos a tres grados sobre cero y nieva —decía Gurov a su hija—. ¡Claro que esta temperatura es sólo la de la superficie de la tierra! ¡En las altas capas atmosféricas es completamente distinta!

—Papá, ¿por qué no hay truenos en invierno?

Gurov le explicó también esto. Mientras hablaba pensaba en que nadie sabía ni sabría, seguramente nunca, nada de la cita a la que se dirigía. Había llegado a tener dos vidas: una que todos veían y conocían, llena de verdad y engaño condicionales, semejante en todo a la de sus amigos y conocidos; otra, que discurría en el misterio. Por una singular coincidencia, tal vez casual, cuanto para él era importante, interesante, indispensable, en todo aquello en que no se engañaba a sí mismo y era sincero, cuanto constituía la médula de su vida, permanecía oculto a los demás, mientras que lo que significaba su mentira, la envoltura exterior en que se escondía, con el fin de esconder la verdad (por ejemplo, su actividad en el banco, las discusiones del círculo sobre la raza inferior, la asistencia a jubilaciones en compañía de su esposa), quedaba de manifiesto. Juzgando a los demás a través de sí mismo, no daba crédito a lo que veía, suponiendo siempre que en cada persona, bajo el manto del misterio como bajo el manto de la noche, se ocultaba la verdadera vida interesante. Toda existencia individual descansa sobre el misterio y quizá es en parte por eso por lo que el hombre culto se afana tan nerviosamente para ver respetado su propio misterio.

Después de dejar a su hija en el colegio, Gurov se dirigió al Slavianksii Basar. En el piso bajo se despojó de la chaqueta y tras subir las escaleras llamó a la puerta. Anna Sergueevna, con su vestido gris, el preferido de él, cansada del viaje y de la espera, le aguardaba desde la víspera, por la noche. Estaba pálida; en su rostro, al mirarlo, no se dibujó ninguna sonrisa y apenas lo vio entrar se precipitó a su encuentro, como si hiciera dos años que no se hubieran visto.

—¿Cómo estás? —preguntó él—. ¿Qué hay de nuevo?

—Espera. Ahora te diré. ¡No puedo!

No podía hablar porque estaba llorando. Con la espalda vuelta hacia él, se apretaba el pañuelo contra los ojos.

"La dejaré que llore un poco mientras me siento", pensó él acomodándose en la butaca.

Luego llamó al timbre y encargó que trajeran el té. Mientras lo bebía, ella, siempre junto a la ventana, le daba la espalda. Lloraba con llanto nervioso, dolorosamente consciente de lo aflictiva que la vida se había hecho para ambos. ¡Para verse habían de ocultarse, de esconderse como ladrones! ¿No estaban acaso deshechas sus vidas?

—No llores más —dijo él.

Para Gurov estaba claro que aquel mutuo amor tardaría en acabar. No se sabía en realidad cuándo acabaría. Anna

Sergueevna se encadenaba a él por el afecto, cada vez más fuertemente. Lo adoraba y era imposible decirle que todo aquello tenía necesariamente que tener un fin. ¡No lo hubiera creído siquiera!

Se acercó a ella y la tomó de los hombros para acariciarla, para bromear, y en ese momento se miró en el espejo.

Su cabeza empezaba a encanecer y le pareció extraño que los últimos años pudieran haberle envejecido y afeado tanto. Los cálidos hombros sobre los que se posaban sus manos se estremecían. Sentía piedad de aquella vida, tan bella todavía, y, sin embargo, tan próxima ya a marchitarse, sin duda como la suya propia. ¿Por qué le amaba tanto? Siempre había parecido a las mujeres distinto de lo que era en realidad. No era a su verdadera persona a la que éstas amaban, sino a otra, creada por su imaginación y a la que buscaban ansiosamente; y más tarde, cuando advertían su error, seguían amándole igual. Ni una sola había sido dichosa con él. Con el paso del tiempo las conocía y se despedía de ellas sin haber ni una sola vez amado. Ahora solamente, cuando empezaba a blanquearle el cabello, sentía por primera vez en su vida un verdadero amor.

El amor de Anna Sergueevna y el suyo era semejante al de dos seres cercanos, al de familiares, al de marido y mujer, al de dos entrañables amigos. Parecía que el destino mismo los había predestinado el uno al otro, resultándoles incomprensible que él pudiera estar casado y ella casada. Eran como el macho y la hembra de esos pájaros errabundos a los que, una vez apresados, se obliga a vivir en distinta jaula. Uno y otro se habían perdonado cuanto de vergonzoso hubiera en su pasado, se perdonaban todo en el presente y se sentían ambos transformados por su amor.

Antes, en momentos de tristeza, intentaba tranquilizarse con cuantas reflexiones le pasaban por la cabeza. Ahora no hacía estas reflexiones. Lleno de compasión, quería ser sincero y cariñoso.

—¡Basta ya, buenecita mía! —le decía a ella—. ¡Ya has llorado bastante! ¡Hablemos ahora y veamos si se nos ocurre alguna idea!

Después invertían largo rato en discutir, en consultarse sobre la manera de liberarse de aquel requisito de engañar, de esconderse, de vivir en distintas ciudades y de pasar largas temporadas sin verse. "¿Cómo liberarse, en efecto, de tan insoportables tormentos? ¿Cómo? —se preguntaba él agarrándose la cabeza entre las manos—. ¿Cómo?".

Y les parecía que, pasado algún tiempo más, la solución podría encontrarse. Que empezaría entonces una nueva vida, nueva y maravillosa.

Ambos veían, sin embargo, que el final estaba todavía muy lejos y que lo más complicado y difícil no había hecho más que empezar.

Aproximaciones bibliográficas para leer los cuentos de Antón Chejóv

- *Cuentos escogidos*, Buenos Aires, Losada, 2013.

- *El beso y otros cuentos*, Barcelona, Edhasa, 2001.

- *El delincuente y otro cuentos*, Santiago, 2001.

Acerca de la teoría del cuento

- Pacheco, Carlos y Luis Barrera Linares, "Cartas sobre el cuento. Antón Chéjov", en *Del cuento y sus alrededores*, Caracas, Monte Ávila Editores, 1997.

Índice